Franz Kafka

Obras

Edition : BoD – Books on Demand
12/14 rond-point des Champs Elysées
75008 Paris
Imprimé par BoD – Books on Demand, Norderstedt
ISBN : 978-2-8106-1870-5
Dépôt légal : Avril 2016

Índice

Ante la ley

Ante la ley hay un guardián. Un campesino se presenta frente a este guardián, y solicita que le permita entrar en la Ley. Pero el guardián contesta que por ahora no puede dejarlo entrar. El hombre reflexiona y pregunta si más tarde lo dejarán entrar.

-Tal vez -dice el centinela- pero no por ahora.

La puerta que da a la Ley está abierta, como de costumbre; cuando el guardián se hace a un lado, el hombre se inclina para espiar. El guardián lo ve, se sonríe y le dice:

-Si tu deseo es tan grande haz la prueba de entrar a pesar de mi prohibición. Pero recuerda que soy poderoso. Y sólo soy el último de los guardianes. Entre salón y salón también hay guardianes, cada uno más poderoso que el otro. Ya el tercer guardián es tan terrible que no puedo mirarlo siquiera.

El campesino no había previsto estas dificultades; la Ley debería ser siempre accesible para todos, piensa, pero al fijarse en el guardián, con su abrigo de pieles, su nariz grande y aguileña, su barba negra de tártaro, rala y negra, decide que le conviene más esperar. El guardián le da un escabel y le permite sentarse a un costado de la puerta.

Allí espera días y años. Intenta infinitas veces entrar y fatiga al guardián con sus súplicas. Con frecuencia el guardián conversa brevemente con él, le hace preguntas sobre su país y sobre muchas otras cosas; pero son preguntas indiferentes, como las de los grandes señores, y, finalmente siempre le repite que no puede dejarlo entrar. El hombre, que se ha provisto de muchas cosas para el viaje, sacrifica todo, por valioso que sea, para sobornar al guardián. Este acepta todo, en efecto, pero le dice:

-Lo acepto para que no creas que has omitido ningún esfuerzo.

Durante esos largos años, el hombre observa casi continuamente al guardián: se olvida de los otros y le parece que éste es el único obstáculo que lo separa de la Ley. Maldice su mala suerte, durante los primeros años audazmente y en voz alta; más tarde, a medida que envejece, sólo murmura para sí. Retorna a la infancia, y como en su cuidadosa y larga contemplación del guardián ha llegado a conocer hasta las pulgas de su cuello de piel, también suplica a las pulgas que lo ayuden y convenzan al guardián. Finalmente, su vista se debilita, y ya no sabe si realmente hay menos luz, o si sólo lo engañan sus ojos. Pero en medio de la oscuridad distingue un resplandor, que surge inextinguible de la puerta de la Ley. Ya le queda poco tiempo de vida. Antes de morir, todas las experiencias de esos largos años se confunden en su mente en una sola pregunta, que hasta ahora no ha formulado. Hace señas al guardián para que se acerque, ya que el rigor de la muerte comienza a endurecer su cuerpo. El guardián se ve obligado a agacharse mucho para hablar con él, porque la disparidad de estaturas entre ambos ha aumentado bastante con el tiempo, para desmedro del campesino.

-¿Qué quieres saber ahora? -pregunta el guardián-. Eres insaciable.

-Todos se esfuerzan por llegar a la Ley -dice el hombre-; ¿cómo es posible entonces que durante tantos años nadie más que yo pretendiera entrar?

El guardián comprende que el hombre está por morir, y para que sus desfallecientes sentidos perciban sus palabras, le dice junto al oído con voz atronadora:

-Nadie podía pretenderlo porque esta entrada era solamente para ti. Ahora voy a cerrarla.

Buitres

Erase un buitre que me picoteaba los pies. Ya había desgarrado los zapatos y las medias y ahora me picoteaba los pies. Siempre tiraba un picotazo, volaba en círculos inquietos alrededor y luego proseguía la obra.

Pasó un señor, nos miró un rato y me preguntó por qué toleraba yo al buitre.

-Estoy indefenso -le dije- vino y empezó a picotearme, yo lo quise espantar y hasta pensé torcerle el pescuezo, pero estos animales son muy fuertes y quería saltarme a la cara. Preferí sacrificar los pies: ahora están casi hechos pedazos.

-No se deje atormentar -dijo el señor-, un tiro y el buitre se acabó.

-¿Le parece? -pregunté- ¿quiere encargarse del asunto?

-Encantado -dijo el señor- ; no tengo más que ir a casa a buscar el fusil, ¿Puede usted esperar media hora más?

- No sé -le respondí, y por un instante me quedé rígido de dolor; después añadí -: por favor, pruebe de todos modos.

-Bueno- dijo el señor- , voy a apurarme.

El buitre había escuchado tranquilamente nuestro diálogo y había dejado errar la mirada entre el señor y yo. Ahora vi que había comprendido todo: voló un poco, retrocedió para lograr el ímpetu necesario y como un atleta que arroja la jabalina encajó el pico en mi boca, profundamente. Al caer de espaldas sentí como una liberación; que en mi sangre, que colmaba todas las profundidades y que inundaba todas las riberas, el buitre irreparablemente se ahogaba.

Chacales y árabes

Acampábamos en el oasis. Los viajeros dormían. Un árabe, alto y blanco, pasó adelante; ya había alimentado a los camellos y se dirigía a acostarse.

Me tiré de espaldas sobre la hierba; quería dormir; no pude conciliar el sueño; el aullido de un chacal a lo lejos me lo impedía; entonces me senté. Y lo que había estado tan lejos, de pronto estuvo cerca. El gruñido de los chacales me rodeó; ojos dorados descoloridos que se encendían y se apagaban; cuerpos esbeltos que se movían ágilmente y en cadencia como bajo un látigo.

Un chacal se me acercó por detrás, pasó bajo mi brazo y se apretó contra mí como si buscara mi calor, luego me encaró y dijo, sus ojos casi en los míos:

-Soy el chacal más viejo de toda la región. Me siento feliz de poder saludarte aquí todavía. Ya casi había abandonado la esperanza, porque te esperábamos desde la eternidad; mi madre te esperaba, y su madre, y todas las madres hasta llegar a la madre de todos los chacales. ¡Créelo!

-Me asombra -dije olvidando alimentar el fuego cuyo humo debía mantener lejos a los chacales-, me asombra mucho lo que dices. Sólo por casualidad vengo del lejano Norte en un viaje muy corto. ¿Qué quieren de mí, chacales?

Y como envalentonados por este discurso quizá demasiado amistoso, los chacales estrecharon el círculo a mi alrededor; todos respiraban con golpes cortos y bufaban.

-Sabemos -empezó el más viejo- que vienes del Norte; en esto precisamente fundamos nuestra esperanza. Allá se encuentra la inteligencia que aquí entre los árabes falta. De este frío orgullo, sabes, no brota ninguna chispa de inteligencia. Matan a los animales, para devorarlos, y desprecian la carroña.

-No hables tan fuerte -le dije-, los árabes están durmiendo cerca de aquí.

-Eres en verdad un extranjero -dijo el chacal-, de lo contrario sabrías que jamás, en toda la historia del mundo, ningún chacal ha temido a un árabe. ¿Por qué deberíamos tenerles miedo? ¿Acaso no es un desgracia suficiente el vivir repudiados en medio de semejante pueblo?

-Es posible -contesté-, puede ser, pero no me permito juzgar cosas que conozco tan poco; debe tratarse de una querella muy antigua, de algo que se lleva en la sangre, entonces concluirá quizá solamente con sangre.

-Eres muy listo -dijo el viejo chacal; y todos empezaron a respirar aún más rápido, jadeantes los pulmones a pesar de estar quietos; un olor amargo que a veces sólo apretando los dientes podía tolerarse salía de sus fauces abiertas-, eres muy listo; lo que dices se corresponde con nuestra antigua doctrina. Tomaremos entonces la sangre de ellos, y la querella habrá terminado.

-¡Oh! -exclamé más brutalmente de lo que hubiera querido- se defenderán, los abatirán en masa con sus escopetas.

-Has entendido mal -dijo-, según la manera de los hombres que ni siquiera en el lejano Norte se pierde. Nosotros no los mataremos. El Nilo no tendría bastante agua para purificarnos. A la simple vista de sus cuerpos con vida escapamos hacia aires más puros, al desierto, que por esta razón se ha vuelto nuestra patria.

Y todos los chacales en torno, a los cuales entre tanto se habían agregado muchos otros venidos de más lejos, hundieron la cabeza entre las extremidades anteriores y se la frotaron con las patas; habríase dicho que querían ocultar una repugnancia tan terrible que yo, de buena gana, con un gran salto hubiese huido del cerco.

-¿Qué piensan hacer entonces? -les pregunté al tiempo que quería incorporarme, pero no pude; dos jóvenes bestias habían mordido la espalda de mi chaqueta y de mi camisa; debí permanecer sentado.

-Llevan la cola de tus ropas -dijo el viejo chacal aclarando en tono serio-, como prueba de respeto.

-¡Que me suelten! -grité, dirigiéndome ya al viejo, ya a los más jóvenes.

-Te soltarán, naturalmente -dijo el viejo-, si tú lo exiges. Pero debes esperar un ratito, porque siguiendo la costumbre han mordido muy hondo y sólo lentamente pueden abrir las mandíbulas. Mientras tanto escucha nuestro ruego.

-No diré que el comportamiento de ustedes me ha predispuesto a ello -contesté.

-No nos hagas pagar nuestra torpeza -dijo, empleando en su ayuda por primera vez el tono lastimero de su voz natural-, somos pobres animales, sólo poseemos nuestra dentadura; para todo lo que queramos hacer, bueno o malo, contamos únicamente con los dientes.

-¿Qué quieres entonces? -pregunté algo aplacado.

-Señor -gritó, y todos los chacales aullaron; a lo lejos me pareció como una melodía-. Señor, tú debes poner fin a la querella que divide el mundo. Tal cual eres, nuestros antepasados te han descrito como el que lo logrará. Es necesario que obtengamos la paz con los árabes; un aire respirable; el horizonte completo limpio de ellos; nunca más el lamento de los carneros que el árabe degüella; todos los animales deben reventar en paz; es preciso que nosotros los vaciemos de su sangre y que limpiemos hasta sus huesos. Limpieza, solamente limpieza queremos -y ahora todos lloraban y sollozaban-, ¿cómo únicamente tú en el mundo puedes soportarlos, tú, de noble corazón y dulces entrañas? Inmundicia es su blancura; inmundicia es su negrura; y horrorosas son sus barbas; ganas da de escupir viendo las comisuras de sus ojos; y cuando alzan los brazos en sus sobacos se abre el infierno. Por eso, oh señor, por eso, oh querido señor, con la ayuda de tus manos todopoderosas, con la ayuda de tus todopoderosas manos, ¡córtales el pescuezo con esta tijera! -Y, a una sacudida de su cabeza, apareció un chacal que traía en uno de sus colmillos una pequeña tijera de sastre cubierta de viejas manchas de herrumbre.

-¡Ah, finalmente apareció la tijera, y ahora basta! -gritó el jefe árabe de nuestra caravana, que se nos había acercado contra el viento y que ahora agitaba su gigantesco látigo. Todos escaparon rápidamente, pero a cierta distancia se detuvieron, estrechamente acurrucados unos contra otros, tan estrecha y rígidamente los numerosos animales, que se los veía como un apretado redil rodeado de fuegos fatuos.

-Así que tú también, señor, has visto y oído este espectáculo - dijo el árabe riendo tan alegremente como la reserva de su tribu lo permitía.

-¿Sabes entonces qué quieren los animales? -pregunté.

-Naturalmente, señor -dijo-, todos lo saben; desde que existen los árabes esta tijera vaga por el desierto, y viajará con nosotros hasta el fin de los tiempos. A todo europeo que pasa le es ofrecida la tijera para la gran obra; cada europeo es precisamente el que les parece el predestinado. Estos animales tienen una esperanza insensata; están locos, locos de verdad. Por esta razón los queremos; son nuestros perros; más lindos que los de ustedes. Mira, reventó un camello esta noche, he dispuesto que lo traigan aquí.

Cuatro portadores llegaron y arrojaron el pesado cadáver delante de nosotros. Apenas tendido en el suelo, ya los chacales alzaron sus voces. Como irresistiblemente atraído por hilos, cada uno se acercó, arrastrando el vientre en la tierra, inseguro. Se habían olvidado de los árabes, habían olvidado el odio; la obliteradora presencia del cadáver reciamente exudante los hechizaba. Ya uno de ellos se colgaba del cuello y con el primer mordisco encontraba la arteria. Como una pequeña bomba rabiosa que quiere apagar a cualquier precio y al mismo tiempo sin éxito un prepotente incendio, cada músculo de su cuerpo zamarreaba y palpitaba en su puesto. Y ya todos se apilaban en igual trabajo, formando como una montaña encima del cadáver.

En aquel momento el jefe restalló el severo látigo a diestra y siniestra. Los chacales alzaron la cabeza, a medias entre la borrachera y el desfallecimiento, vieron a los árabes ante ellos, sintieron el látigo en el hocico, dieron un salto atrás y corrieron un trecho a reculones. Pero la sangre del camello formaba ya un charco, humeaba a lo alto, en muchos lugares el cuerpo estaba desgarrado. No pudieron resistir; otra vez estuvieron allí; otra vez el jefe alzó el látigo; yo retuve su brazo.

-Tienes razón, señor -dijo-, dejémoslos en su oficio; por otra parte es tiempo de partir. Ya los has visto. Prodigiosos animales, ¿no es cierto? ¡Y cómo nos odian!

El escudo de la ciudad

En un principio no faltó la organización en las disposiciones para construir la Torre de Babel; de hecho, quizás el orden era excesivo. Se pensó demasiado en guías, intérpretes, alojamientos para obreros y vías de comunicación, como si se dispusiera de siglos. En esos tiempos, la opinión general era que no se podía construir con demasiada lentitud; un poco más y hubieran abandonado todo, y hasta desistido de echar los cimientos. La gente razonaba de esta manera: lo esencial de la empresa es el pensamiento de construir una torre que llegue al cielo. Lo demás es del todo secundario. Ese pensamiento, una vez comprendida su grandeza, es inolvidable: mientras haya hombres en la tierra, existirá también el fuerte deseo de terminar la torre. Por consiguiente no debe preocuparnos el futuro. Al contrario: el saber de los hombres adelanta, la arquitectura ha progresado y seguirá progresando; de aquí a cien años el trabajo para el que precisamos un año se hará tal vez en pocos meses, y más resistente, mejor. Entonces, ¿a qué agotarnos ahora? Eso tendría sentido si cupiera la esperanza de que la torre quedará terminada en el espacio de una generación. Esa esperanza era imposible. Lo más creíble era que la nueva generación, con sus conocimientos superiores, condenara el trabajo de la generación anterior y demoliera todo lo adelantado, para recomenzar. Tales pensamientos paralizaron las energías, y se pensó menos en construir la torre que en construir una ciudad para los obreros. Cada nacionalidad quería el mejor barrio, y esto dio lugar a disputas que culminaban en peleas sangrientas. Esas peleas no tenían fin; algunos dirigentes opinaban que demoraría muchísimo la construcción de la torre y otros que más valía aguardar que se reestableciera la paz. Pero no sólo en pelear pasaban el tiempo; en las treguas se dedicaban a embellecer la ciudad, lo que provocaba nuevas envidias y nuevas peleas. Así pasó la era de la primera generación, pero ninguna de las siguientes fue distinta; sólo aumentó la destreza técnica y con ella el ansia guerrera. Aunque la segunda o tercera generación reconoció la insensatez de una torre que llegara hasta el cielo, ya estaban demasiado comprometidos para abandonar los trabajos y la ciudad.

El vaticinio de que cinco golpes sucesivos de un puño gigantesco aniquilarán la ciudad, está presente en todas las leyendas y cantos de esa ciudad. Por esa razón el escudo de armas de la ciudad incluye un puño.

El híbrido

Tengo un animal curioso mitad gatito, mitad cordero. Es una herencia de mi padre. En mi poder se ha desarrollado del todo; antes era más cordero que gato. Ahora es mitad y mitad. Del gato tiene la cabeza y las uñas, del cordero el tamaño y la forma; de ambos los ojos, que son huraños y chispeantes, la piel suave y ajustada al cuerpo, los movimientos a la par saltarines y furtivos. Echado al sol, en el hueco de la ventana se hace un ovillo y ronronea; en el campo corre como loco y nadie lo alcanza. Dispara de los gatos y quiere atacar a los corderos. En las noches de luna su paseo favorito es la canaleta del tejado. No sabe maullar y abomina a los ratones. Horas y horas pasa al acecho ante el gallinero, pero jamás ha cometido un asesinato.

Lo alimento a leche; es lo que le sienta mejor. A grandes tragos sorbe la leche entre sus dientes de animal de presa. Naturalmente, es un gran espectáculo para los niños. La hora de visita es los domingos por la mañana. Me siento con el animal en las rodillas y me rodean todos los niños de la vecindad.

Se plantean entonces las más extraordinarias preguntas, que no puede contestar ningún ser humano. Por qué hay un solo animal así, por qué soy yo el poseedor y no otro, si antes ha habido un animal semejante y qué sucederá después de su muerte, si no se siente solo, por qué no tiene hijos, cómo se llama, etcétera.

No me tomo el trabajo de contestar: me limito a exhibir mi propiedad, sin mayores explicaciones. A veces las criaturas traen gatos; una vez llegaron a traer dos corderos. Contra sus esperanzas, no se produjeron escenas de reconocimiento. Los animales se miraron con mansedumbre desde sus ojos animales, y se aceptaron mutuamente como un hecho divino.

En mis rodillas el animal ignora el temor y el impulso de perseguir. Acurrucado contra mí es como se siente mejor. Se apega a la familia que lo ha criado. Esa fidelidad no es extraordinaria: es el recto instinto de un animal, que aunque tiene en la tierra innumerables lazos políticos, no tiene un solo consanguíneo, y para quien es sagrado el apoyo que ha encontrado en nosotros.

A veces tengo que reírme cuando resuella a mi alrededor, se me enreda entre las piernas y no quiere apartarse de mí. Como si no le bastara ser gato y cordero quiere también ser perro. Una vez -eso le acontece a cualquiera- yo no veía modo de salir de dificultades económicas, ya estaba por acabar con todo. Con esa idea me hamacaba en el sillón de mi cuarto, con el animal en las rodillas; se me ocurrió bajar los ojos y vi lágrimas que goteaban en sus grandes bigotes. ¿Eran suyas o mías? ¿Tiene este gato de alma de cordero el orgullo de un hombre? No he heredado mucho de mi padre, pero vale la pena cuidar este legado.

Tiene la inquietud de los dos, la del gato y la del cordero, aunque son muy distintas. Por eso le queda chico el pellejo. A veces salta al sillón, apoya las patas delanteras contra mi hombro y me acerca el hocico al oído. Es como si me hablara, y de hecho vuelve la cabeza y me mira deferente para observar el efecto de su comunicación. Para complacerlo hago como si lo hubiera entendido y muevo la cabeza. Salta entonces al suelo y brinca alrededor.

Tal vez la cuchilla del carnicero fuera la redención para este animal, pero él es una herencia y debo negársela. Por eso deberá esperar hasta que se le acabe el aliento, aunque a veces me mira con razonables ojos humanos, que me instigan al acto razonable.

El paseo repentino

Cuando por la noche uno parece haberse decidido terminantemente a quedarse en casa; se ha puesto una bata; después de la cena se ha sentado a la mesa iluminada, dispuesto a hacer aquel trabajo o a jugar aquel juego luego de terminado el cual habitualmente uno se va a dormir; cuando afuera el tiempo es tan malo que lo más natural es quedarse en casa; cuando uno ya ha pasado tan largo rato sentado tranquilo a la mesa que irse provocaría el asombro de todos; cuando ya la escalera está oscura y la puerta

15

de calle trancada; y cuando entonces uno, a pesar de todo esto, presa de una repentina desazón, se cambia la bata; aparece en seguida vestido de calle; explica que tiene que salir, y además lo hace después de despedirse rápidamente; cuando uno cree haber dado a entender mayor o menor disgusto de acuerdo con la celeridad con que ha cerrado la casa dando un portazo; cuando en la calle uno se reencuentra, dueño de miembros que responden con una especial movilidad a esta libertad ya inesperada que uno les ha conseguido; cuando mediante esta sola decisión uno siente concentrada en sí toda la capacidad determinativa; cuando uno, otorgando al hecho una mayor importancia que la habitual, se da cuenta de que tiene más fuerza para provocar y soportar el más rápido cambio que necesidad de hacerlo, y cuando uno va así corriendo por las largas calles, entonces uno, por esa noche, se ha separado completamente de su familia, que se va escurriendo hacia la insustancialidad, mientras uno, completamente denso, negro de tan preciso, golpeándose los muslos por detrás, se yergue en su verdadera estatura.

Todo esto se intensifica aún más si a estas altas horas de la noche uno se dirige a casa de un amigo para saber cómo le va.

El silencio de las sirenas

Existen métodos insuficientes, casi pueriles, que también pueden servir para la salvación. He aquí la prueba:

Para protegerse del canto de las sirenas, Ulises tapó sus oídos con cera y se hizo encadenar al mástil de la nave. Aunque todo el mundo sabía que este recurso era ineficaz, muchos navegantes podían haber hecho lo mismo, excepto aquellos que eran atraídos por las sirenas ya desde lejos. El canto de las sirenas lo traspasaba todo, la pasión de los seducidos habría hecho saltar prisiones más fuertes que mástiles y cadenas. Ulises no pensó en eso, si bien quizá alguna vez, algo había llegado a sus oídos. Se confió por completo en aquel puñado de cera y en el manojo de cadenas. Contento con sus pequeñas estratagemas, navegó en pos de las sirenas con alegría inocente.

Sin embargo, las sirenas poseen un arma mucho más terrible que el canto: su silencio. No sucedió en realidad, pero es probable que alguien se hubiera salvado alguna vez de sus cantos, aunque nunca de su silencio. Ningún sentimiento terreno puede equipararse a la vanidad de haberlas vencido mediante las propias fuerzas.

En efecto, las terribles seductoras no cantaron cuando pasó Ulises; tal vez porque creyeron que a aquel enemigo sólo podía herirlo el silencio, tal vez porque el espectáculo de felicidad en el rostro de Ulises, quien sólo pensaba en ceras y cadenas, les hizo olvidar toda canción.

Ulises (para expresarlo de alguna manera) no oyó el silencio. Estaba convencido de que ellas cantaban y que sólo él estaba a salvo. Fugazmente, vio primero las curvas de sus cuellos, la respiración profunda, los ojos llenos de lágrimas, los labios entreabiertos. Creía que todo era parte de la melodía que fluía sorda en torno de él. El espectáculo comenzó a desvanecerse pronto; las sirenas se esfumaron de su horizonte personal, y precisamente cuando se hallaba más próximo, ya no supo más acerca de ellas.

Y ellas, más hermosas que nunca, se estiraban, se contoneaban. Desplegaban sus húmedas cabelleras al viento, abrían sus garras acariciando la roca. Ya no pretendían seducir, tan sólo querían atrapar por un momento más el fulgor de los grandes ojos de Ulises.

Si las sirenas hubieran tenido conciencia, habrían desaparecido aquel día. Pero ellas permanecieron y Ulises escapó.

La tradición añade un comentario a la historia. Se dice que Ulises era tan astuto, tan ladino, que incluso los dioses del destino eran incapaces de penetrar en su fuero interno. Por más que esto sea inconcebible para la mente humana, tal vez Ulises supo del silencio de las sirenas y tan sólo representó tamaña farsa para ellas y para los dioses, en cierta manera a modo de escudo.

El viejo manuscrito

Podría decirse que el sistema de defensa de nuestra patria adolece de serios defectos. Hasta el momento no nos hemos ocupado de ellos sino de nuestros deberes cotidianos; pero algunos acontecimientos recientes nos inquietan.

Soy zapatero remendón; mi negocio da a la plaza del palacio imperial. Al amanecer, apenas abro mis ventanas, ya veo soldados armados, apostados en todas las bocacalles que dan a la plaza.

Pero no son soldados nuestros; son, evidentemente, nómades del Norte. De algún modo que no llego a comprender, han llegado hasta la capital, que, sin embargo, está bastante lejos de las fronteras. De todas maneras, allí están; su número parece aumentar cada día.

Como es su costumbre, acampan al aire libre y rechazan las casas. Se entretienen en afilar las espadas, en aguzar las flechas, en realizar ejercicios ecuestres. Han convertido esta plaza tranquila y siempre pulcra en una verdadera pocilga. Muchas veces intentamos salir de nuestros negocios y hacer una recorrida para limpiar por lo menos la basura más gruesa; pero esas salidas se tornan cada vez más escasas, porque es un trabajo inútil y corremos, además, el riesgo de hacernos aplastar por sus caballos salvajes o de que nos hieran con sus látigos.

Es imposible hablar con los nómades. No conocen nuestro idioma y casi no tienen idioma propio. Entre ellos se entienden como se entienden los grajos. Todo el tiempo se escucha ese graznar de grajos. Nuestras costumbres y nuestras instituciones les resultan tan incomprensibles como carentes de interés. Por lo mismo, ni siquiera intentan comprender nuestro lenguaje de señas. Uno puede dislocarse la mandíbula y las muñecas de tanto hacer ademanes; no entienden nada y nunca entenderán. Con frecuencia hacen muecas; en esas ocasiones ponen los ojos en blanco y les sale espuma por la boca, pero con eso nada quieren decir ni tampoco causan terror alguno; lo hacen por costumbre. Si necesitan algo, lo roban. No puede afirmarse que utilicen la violencia. Simplemente se apoderan de las cosas; uno se hace a un lado y se las cede.

También de mi tienda se han llevado excelentes mercancías. Pero no puedo quejarme cuando veo, por ejemplo, lo que ocurre con el carnicero. Apenas llega su mercadería, los nómades se la llevan y la comen de inmediato. También sus caballos devoran carne; a menudo se ve a un jinete junto a su caballo comiendo del mismo trozo de carne, cada cual de una punta. El carnicero es miedoso y no se atreve a suspender los pedidos de carne. Pero nosotros comprendemos su situación y hacemos colectas para mantenerlo. Si los nómades se encontraran sin carne, nadie sabe lo que se les ocurriría hacer; por otra parte, quien sabe lo que se les ocurriría hacer comiendo carne todos los días.

Hace poco, el carnicero pensó que podría ahorrarse, al menos, el trabajo de descuartizar, y una mañana trajo un buey vivo. Pero no se atreverá a hacerlo nuevamente. Yo me pasé toda una hora echado en el suelo, en el fondo de mi tienda, tapado con toda mi ropa, mantas y almohadas, para no oír los mugidos de ese buey, mientras los nómades se abalanzaban desde todos lados sobre él y le arrancaban con los dientes trozos de carne viva. No me atreví a salir hasta mucho después de que el ruido cesara; como ebrios en torno de un tonel de vino, estaban tendidos por el agotamiento, alrededor de los restos del buey.

Precisamente en esa ocasión me pareció ver al emperador en persona asomado por una de las ventanas del palacio; casi nunca sale a las habitaciones exteriores y vive siempre en el jardín más interior, pero esa vez lo vi, o por lo menos me pareció verlo, ante una de las ventanas, contemplando cabizbajo lo que ocurría frente a su palacio.

-¿En qué terminará esto? -nos preguntamos todos-. ¿Hasta cuando soportaremos esta carga y este tormento? El palacio imperial ha traído a los nómadas, pero no sabe cómo hacer para repelerlos. El portal permanece cerrado; los guardias, que antes solían entrar y salir marchando festivamente, ahora están siempre encerrados detrás de las rejas de las ventanas. La salvación de la patria sólo depende de nosotros, artesanos y comerciantes; pero no estamos preparados para semejante empresa; tampoco nos hemos jactado nunca de ser capaces de cumplirla. Hay cierta confusión, y esa confusión será nuestra ruina.

El zopilote

Un zopilote estaba mordisqueándome los pies. Ya había despedazado mis botas y calcetas, y ahora ya estaba mordiendo mis propios pies. Una y otra vez les daba un mordisco, luego me rondaba varias veces, sin cesar, para después volver a continuar con su trabajo. Un caballero, de repente, pasó, echó un vistazo, y luego me preguntó por qué sufría al zopilote.

-Estoy perdido -le dije-. Cuando vino y comenzó a atacarme, yo por supuesto traté de hacer que se fuera, hasta traté de estrangularlo, pero estos animales son muy fuertes... estuvo a punto de echarse a mi cara, mas preferí sacrificar mis pies. Ahora están casi deshechos.

-¡Vete tú a saber, dejándote torturar de esta manera! -me dijo el caballero-. Un tiro, y te echas al zopilote.

-¿En serio? -dije-. ¿Y usted me haría el favor?

-Con gusto -dijo el caballero- sólo tengo que ir a casa por mi pistola. ¿Podría usted esperar otra media hora?

-Quién sabe -le dije, y me estuve por un momento, tieso de dolor. Entonces le dije-: Sin embargo, vaya a ver si puede... por favor.

-Muy bien -dijo el caballero- trataré de hacerlo lo más pronto que pueda.

Durante la conversación, el zopilote había estado tranquilamente escuchando, girando su ojo lentamente entre mí y el caballero. Ahora me había dado cuenta que había estado entendiéndolo todo; alzó ala, se hizo hacia atrás, para agarrar vuelo, y luego, como un jabalinista, lanzó su pico por mi boca, muy dentro de mí. Cayendo hacia atrás, me alivió el sentirle ahogarse irremediablemente en mi sangre, la cual estaba llenando cada uno de mis huecos, inundando cada una de mis costas.

La colonia penitenciaria

-Es un aparato singular -dijo el oficial al explorador, y contempló con cierta admiración el aparato, que le era tan conocido. El explorador parecía haber aceptado sólo por cortesía la invitación del comandante para presenciar la ejecución de un soldado condenado por desobediencia e insulto hacia sus superiores. En la colonia penitenciaria no era tampoco muy grande el interés suscitado por esta ejecución. Por lo menos en ese pequeño valle, profundo y arenoso, rodeado totalmente por riscos desnudos, sólo se encontraban, además del oficial y el explorador, el condenado, un hombre de boca grande y aspecto estúpido, de cabello y rostro descuidados, y un soldado que sostenía la pesada cadena donde convergían las cadenitas que retenían al condenado por los tobillos y las muñecas, así como por el cuello, y que estaban unidas entre sí mediante cadenas secundarias. De todos modos, el condenado tenía un aspecto tan caninamente sumiso, que al parecer hubieran podido permitirle correr en libertad por los riscos circundantes, para llamarlo con un simple silbido cuando llegara el momento de la ejecución.

El explorador no se interesaba mucho por el aparato y se paseaba detrás del condenado con visible indiferencia, mientras el oficial daba fin a los últimos preparativos, arrastrándose de pronto bajo el aparato, profundamente hundido en la tierra, o trepando de pronto por una escalera para examinar las partes superiores. Fácilmente hubiera podido ocuparse de estas labores un mecánico, pero el oficial las desempeñaba con gran celo, tal vez porque admiraba el aparato, o tal vez porque por diversos motivos no se podía confiar ese trabajo a otra persona.

-¡Ya está todo listo! -exclamó finalmente, y descendió de la escalera. Parecía extraordinariamente fatigado, respiraba con la boca muy abierta, y se había metido dos finos pañuelos de mujer bajo el cuello del uniforme.

-Estos uniformes son demasiado pesados para el trópico - comentó el explorador, en vez de hacer alguna pregunta sobre el aparato, como hubiera deseado el oficial.

-En efecto -dijo este, y se lavó las manos sucias de aceite y de grasa en un balde que allí había-; pero para nosotros son símbolos de la patria; no queremos olvidarnos de nuestra patria. Y ahora fíjese en este aparato -prosiguió inmediatamente, secándose las manos con una toalla y mostrando aquél al mismo tiempo. Hasta ahora intervine yo, pero de aquí en adelante el aparato funciona absolutamente solo.

El explorador asintió y siguió al oficial. Éste quería cubrir todas las contingencias, y por eso dijo:

-Naturalmente, a veces hay inconvenientes; espero que no los haya hoy, pero siempre se debe contar con esa posibilidad. El aparato debería funcionar ininterrumpidamente durante doce horas. Pero cuando hay entorpecimientos, son sin embargo desdeñables, y se los soluciona rápidamente. ¿No quiere sentarse? -preguntó luego, sacando una silla de mimbre entre un montón de sillas semejantes, y ofreciéndosela al explorador; éste no podía rechazarla. Se sentó entonces; al borde de un hoyo estaba la tierra removida, dispuesta en forma de parapeto; del otro lado estaba el aparato.

-No sé -dijo el oficial- si el comandante le ha explicado ya el aparato.

El explorador hizo un ademán incierto; el oficial no deseaba nada mejor, porque así podía explicarle personalmente el funcionamiento.

-Este aparato -dijo, tomándose de una manivela. y apoyándose sobre ella- es un invento de nuestro antiguo comandante. Yo asistí a los primerísimos experimentos, y tomé parte en todos los trabajos, hasta su terminación. Pero el mérito del descubrimiento sólo le corresponde a él. ¿No ha oído hablar usted de nuestro antiguo comandante? ¿No? Bueno, no exagero si le digo que casi toda la organización de la colonia penitenciaria es obra suya. Nosotros, sus amigos, sabíamos aun antes de su muerte que la organización de la colonia era un todo tan perfecto, que su sucesor, aunque tuviera mil nuevos proyectos en la cabeza, por lo menos durante muchos años no podría cambiar nada. Y nuestra profecía se cumplió; el nuevo comandante se vio obligado a admitirlo. Lástima que usted no haya conocido nuestro antiguo comandante. Pero -el oficial se interrumpió- estoy divagando, y aquí está el aparato. Como usted ve, consta de tres partes. Con el correr del tiempo, se generalizó la costumbre de designar a cada una de estas partes mediante una especie de sobrenombre popular. La inferior se llama la Cama, la de arriba el Diseñador, y esta del medio, la Rastra.

-¿La Rastra? -preguntó el explorador.

No había escuchado con mucha atención; el sol caía con demasiada fuerza en ese valle sin sombras, apenas podía uno concentrar los pensamientos. Por eso mismo le parecía más admirable ese oficial, que a pesar de su chaqueta de gala, ajustada, cargada de charreteras de adornos, proseguía con tanto entusiasmo sus explicaciones, y además, mientras hablaba, apretaba aquí y allá algún tornillo con un destornillador. En una situación semejante a la del explorador parecía encontrarse el soldado. Se había enrollado la cadena del condenado en torno de las muñecas; apoyado con una mano en el fusil, cabizbajo, no se preocupaba por nada de lo que ocurría. Esto no sorprendió al explorador, ya que el oficial hablaba en francés, y ni el soldado ni el condenado entendían el francés. Por eso mismo era más curioso que el condenado se esforzara por seguir las explicaciones del oficial. Con una especie de soñolienta insistencia, dirigía la mirada hacia donde el oficial señalaba, y cada vez que el explorador hacía una pregunta, también él, como el oficial, lo miraba.

-Sí, la Rastra -dijo el oficial-, un nombre bien educado. Las agujas están colocadas en ellas como los dientes de una rastra, y el conjunto funciona además como una rastra, aunque sólo en un lugar determinado, y con mucho más arte. De todos modos, ya lo comprenderá mejor cuando se lo explique. Aquí, sobre la Cama, se coloca al condenado. Primero le describiré el aparato, y después lo pondré en movimiento. Así podrá entenderlo mejor. Además, uno de los engranajes del Diseñador está muy gastado; chirría mucho cuando funciona, y apenas se entiende lo que uno habla; por desgracia, aquí es muy difícil conseguir piezas de repuesto. Bueno, ésta es la Cama, como decíamos. Está totalmente cubierta con una capa de algodón en rama; pronto sabrá usted por qué. Sobre este algodón se coloca al condenado, boca abajo, naturalmente desnudo; aquí hay correas para sujetarle las manos, aquí para los pies, y aquí para el cuello. Aquí, en la cabecera de la Cama (donde el individuo, como ya le dije, es colocado primeramente boca abajo), esta pequeña mordaza de fieltro, que puede ser fácilmente regulada de modo que entre directamente en la boca del hombre, tiene la finalidad de impedir que grite o se muerda la lengua. Naturalmente, el hombre no puede alejar la boca del fieltro, porque la correa del cuello le quebraría las vértebras.

-¿Esto es algodón? -preguntó el explorador, y se agachó.

-Sí, claro -dijo el oficial riendo-; tóquelo usted mismo.

Cogió la mano del explorador, y se la hizo pasar por la Cama.

-Es un algodón especialmente preparado, por eso resulta tan irreconocible; ya le hablaré de su finalidad.

El explorador comenzaba a interesarse un poco por el aparato; protegiéndose los ojos con la mano, a causa del sol, contempló el conjunto. Era una construcción elevada. La Cama y el Diseñador tenían igual tamaño, y parecía dos oscuros cajones de madera. El Diseñador se elevaba unos dos metros sobre la Cama; los dos estaban unidos entre sí, en los ángulos, por cuatro barras de bronce, que casi resplandecían al sol. Entre los cajones, oscilaba sobre una cinta de acero la Rastra.

El oficial no había advertido la anterior indiferencia del explorador, pero sí notó su interés naciente; por lo tanto interrumpió las explicaciones, para que su interlocutor pudiera dedicarse sin inconvenientes al examen de los dispositivos. El condenado imitó al explorador; como no podría cubrirse los ojos con la mano, miraba hacia arriba, parpadeando.

-Entonces, aquí se coloca al hombre -dijo al explorador, echándose hacia atrás en su silla, y cruzando las piernas.

-Sí -dijo el oficial, corriéndose la gorra un poco hacia atrás, y pasándose la mano por el rostro acalorado-, y ahora escuche. Tanto la Cama como el Diseñador tienen baterías eléctricas propias; la Cama la requiere para sí, el Diseñador para la Rastra. En cuanto el hombre está bien asegurado con las correas, la Cama es puesta en movimiento. Oscila con vibradores diminutos y muy rápidos, tanto lateralmente como verticalmente. Usted habrá visto aparatos similares en los hospitales; pero en nuestra Cama todos los movimientos están exactamente calculados; en efecto, deben estar minuciosamente sincronizados con los movimientos de la Rastra. Sin embargo, la verdadera ejecución de la sentencia corresponde a la Rastra.

-¿Cómo es la sentencia? -preguntó el explorador.

-¿Tampoco sabe eso? -dijo el oficial, asombrado, y se mordió los labios-. Perdóneme si mis explicaciones son tal vez un poco desordenadas: le ruego realmente que me disculpe. En otros tiempos, correspondía en realidad al comandante dar las explicaciones, pero el nuevo comandante rehúye ese honroso deber; de todos modos, el hecho de que a una visita de semejante importancia -y aquí el explorador trató de restar importancia al elogio, con un ademán de las manos, pero el oficial insistió-, a una visita de semejante importancia ni siquiera se la ponga en conocimiento del carácter de nuestras sentencias, constituye también una insólita novedad, que... -Y con una maldición al borde de los labios se contuvo y prosiguió- ... Yo no sabía nada, la culpa no es mía. De todos modos, yo soy la persona más capacitada para explicar nuestros procedimientos, ya que tengo en mi poder -y se palmeó el bolsillo superior- los respectivos diseños preparados por la propia mano de nuestro antiguo comandante.

-¿Los diseños del comandante mismo? -preguntó el explorador-. ¿Reunía entonces todas las cualidades? ¿Era soldado, juez, constructor, químico y dibujante?

-Efectivamente -dijo el oficial, asintiendo con una mirada impenetrable y lejana.

Luego se examinó las manos; no le parecían suficientemente limpias para tocar los diseños; por lo tanto, se dirigió hacia el balde y se las lavó nuevamente. Luego sacó un pequeño portafolio de cuero, y dijo:

-Nuestra sentencia no es aparentemente severa. Consiste en escribir sobre el cuerpo del condenado, mediante la Rastra, la disposición que él mismo ha violado. Por ejemplo, las palabras inscriptas sobre el cuerpo de éste condenado -y el oficial señaló al individuo- serán: HONRA A TUS SUPERIORES.

El explorador miró rápidamente al hombre; en el momento en que el oficial lo señalaba, estaba cabizbajo y parecía prestar toda la atención de que sus oídos eran capaces, para tratar de entender algo. Pero los movimientos de sus labios gruesos y apretados demostraban evidentemente que no entendía nada. El explorador hubiera querido formular diversas preguntas, pero al ver al individuo sólo inquirió:

-¿Conoce él su sentencia?

-No -dijo el oficial, tratando de proseguir inmediatamente con sus explicaciones, pero el explorador lo interrumpió:

-¿No conoce su sentencia?

-No -repitió el oficial, callando un instante como para permitir que el explorador ampliara su pregunta-. Sería inútil anunciársela. Ya lo sabrá en carne propia.

El explorador no quería preguntar más; pero sentía la mirada del condenado fija en él, como inquiriéndole si aprobaba el procedimiento descrito. En consecuencia, aunque se había repantigado en la silla, volvió a inclinarse hacia adelante y siguió preguntando:

-Pero, por lo menos ¿sabe que ha sido condenado?

-Tampoco -dijo el oficial, sonriendo como si esperara que le hiciera otra pregunta extraordinaria.

-¿No? -dijo el explorador y se pasó la mano por la frente-, entonces ¿el individuo tampoco sabe cómo fue conducida su defensa?

-No se le dio ninguna oportunidad de defenderse -dijo el oficial y volvió la mirada, como hablando consigo mismo, para evitar al explorador la vergüenza de oír una explicación de cosas tan evidentes.

-Pero debe de haber tenido alguna oportunidad de defenderse -insistió el explorador, y se levantó de su asiento.

El oficial comprendió que corría el peligro de ver demorada indefinidamente la descripción del aparato; por lo tanto, se acercó al explorador, lo tomó por el brazo, y señaló con la mano al condenado, que al ver tan evidentemente que toda la atención se dirigía hacia él, se puso en posición de firme, mientras el soldado daba un tirón a la cadena.

-Le explicaré cómo se desarrolla el proceso -dijo el oficial-. Yo he sido designado juez de la colonia penitenciaria. A pesar de mi juventud. Porque yo era el consejero del antiguo comandante en todas las cuestiones penales, y además conozco el aparato mejor que nadie. Mi principio fundamental es éste: la culpa es siempre indudable. Tal vez otros juzgados no siguen este principio fundamental, pero son multipersonales, y además dependen de otras cámaras superiores. Este no es nuestro caso, o por lo menos no lo era en la época de nuestro antiguo comandante. El nuevo ha demostrado, sin embargo, cierto deseo de inmiscuirse en mis juicios, pero hasta ahora he logrado mantenerlo a cierta distancia, y espero seguir lográndolo. Usted desea que le explique este caso particular; es muy simple, como todos los demás. Un capitán presentó esta mañana la acusación de que este individuo, que ha sido designado criado suyo, y que duerme frente a su puerta, se había dormido durante la guardia. En efecto, tiene la obligación de levantarse al sonar cada hora, y hacer la venia ante la puerta del capitán. Como se ve, no es una obligación excesiva, y sí muy necesaria, porque así se mantiene alerta en sus funciones, tanto de centinela como de criado. Anoche el capitán quiso comprobar si su criado cumplía con su deber. Abrió la puerta exactamente a las dos, y lo encontró dormido en el suelo. Cogió la fusta, y le cruzó la cara. En vez de levantarse y suplicar perdón a su superior por las piernas, lo sacudió y exclamó: "Arroja ese látigo, o te como vivo". Estas son las pruebas. El capitán vino a verme hace una hora, tomé nota de su declaración y dicté inmediatamente la sentencia. Luego hice encadenar al culpable. Todo esto fue muy simple. Si primeramente lo hubiera hecho llamar, y lo hubiera interrogado, sólo habrían surgido confusiones. Habría mentido, y si yo hubiera querido desmentirlo, habría reforzado sus mentiras con nuevas mentiras y así sucesivamente. En cambio, así lo tengo en mi poder y no se escapará. ¿Está todo aclarado? Pero el tiempo pasa, ya debería comenzar la ejecución y todavía no terminé de explicarle el aparato.

Obligó al explorador a que se sentara nuevamente, se acercó otra vez al aparato, y comenzó:

-Como usted ve, la forma de la Rastra corresponde a la forma del cuerpo humano; aquí está la parte del torso, aquí están las rastras para las piernas. Para la cabeza, sólo hay esta agujita. ¿Le resulta claro?

Se inclinó amistosamente ante el explorador dispuesto a dar las más amplias explicaciones.

El explorador, con el ceño fruncido, consideró la Rastra. La descripción de los procedimientos judiciales no lo había satisfecho. Debía hacer un esfuerzo para no olvidar que se trataba de una colonia penitenciaria, que requería medidas extraordinarias de seguridad, y donde la disciplina debía ser exagerada hasta el extremo. Pero, por otra parte, pensaba en el nuevo comandante que evidentemente proyectaba introducir, aunque poco a poco, un nuevo sistema de procedimientos; estrecha mentalidad que este oficial no podía prender. Estos pensamientos le hicieron preguntar:

-¿El comandante asistirá a la ejecución?

-No es seguro -dijo el oficial, dolorosamente impresionado por una pregunta tan directa, mientras su expresión amistosa se desvanecía-. Por eso mismo debemos darnos prisa. En consecuencia, aunque lo siento muchísimo, me veré obligado a simplificar mis explicaciones. Pero mañana, cuando hayan limpiado nuevamente el aparato (su única falla consiste en que se ensucia mucho), podré seguir explayándome con más detalles. Reduzcámonos entonces por ahora a lo más indispensable. Una vez que el hombre está acostado en la Cama, y ésta comienza a vibrar, la Rastra desciende sobre su cuerpo. Se regula automáticamente, de modo que apenas roza el cuerpo con la punta de las agujas; en cuanto se establece el contacto, la cinta de acero se convierte inmediatamente en una barra rígida. Y entonces empieza la función. Una persona que no esté al tanto, no advierte ninguna diferencia entre un castigo y otro. La Rastra parece trabajar uniformemente. Al vibrar, rasga con la punta de las agujas la superficie del cuerpo, estremecido a su vez por la Cama. Para permitir la observación del desarrollo de la sentencia, la Rastra ha sido construida de vidrio. La fijación de las agujas en el vidrio originó algunas dificultades técnicas, pero después de diversos experimentos solucionamos el problema. Le diré que no hemos escatimado esfuerzos. Y ahora cualquiera puede observar, a través del vidrio, cómo va tomando forma la inscripción sobre el cuerpo. ¿No quiere acercarse a ver las agujas?

El explorador se levantó lentamente, se acercó y se inclinó sobre la Rastra.

-Como usted ve -dijo el oficial-, hay dos clases de agujas, dispuestas de diferente modo. Cada aguja larga va acompañada por una más corta. La larga se reduce a escribir, y la corta arroja agua, para lavar la sangre y mantener legible la inscripción. La mezcla de agua y sangre corre luego por pequeños canalículos, y finalmente desemboca en este canal principal, para verterse en el hoyo, a través de un caño de desagüe.

El oficial mostraba con el dedo el camino exacto que seguía la mezcla de agua y sangre. Mientras él, para hacer lo más gráfica posible la imagen, formaba un cuenco con ambas manos en la desembocadura del caño de salida, el explorador alzó la cabeza y trató de volver a su asiento, tanteando detrás de sí con la mano. Vio entonces con horror que también el condenado había obedecido la invitación del oficial para ver más de cerca la disposición de la Rastra. Con la cadena había arrastrado un poco al soldado adormecido, y ahora se inclinaba sobre el vidrio. Se veía cómo su mirada insegura trataba de percibir lo que los dos señores acababan de observar, y cómo, faltándole la explicación, no comprendía nada. Se agachaba aquí y allá. Sin cesar, su mirada recorría el vidrio. El explorador trató de alejarlo, porque lo que hacía era probablemente punible. Pero el oficial lo retuvo con una mano, con la otra cogió del parapeto un terrón, y lo arrojó al soldado. Este se sobresaltó, abrió los ojos, comprobó el atrevimiento del condenado, dejó caer el rifle, hundió los talones en el suelo, arrastró de un tirón al condenado, que inmediatamente cayó al suelo, y luego se quedó mirando cómo se debatía y hacia sonar las cadenas.

-¡Póngalo de pie! -gritó el oficial, porque advirtió que el condenado distraía demasiado al explorador. En efecto, éste se haba inclinado sobre la Rastra, sin preocuparse mayormente por su funcionamiento, y sólo quería saber qué ocurría con el condenado.

-¡Trátelo con cuidado! -volvió a gritar el oficial.

Luego corrió en torno del aparato, cogió personalmente al condenado bajo las axilas, y aunque éste se resbalaba constantemente, con la ayuda del soldado lo puso de pie.

-Ya estoy al tanto de todo -dijo el explorador, cuando el oficial volvió a su lado.

-Menos de lo más importante -dijo éste, tomándolo por un brazo y señalando hacia lo alto-. Allá arriba, en el Diseñador, está el engranaje que pone en movimiento la Rastra; dicho engranaje es regulado de acuerdo a la inscripción que corresponde a la sentencia. Todavía utilizo los diseños del antiguo comandante. Aquí están -y sacó algunas hojas del portafolio del cuero-, pero por desgracia no puedo dárselos para que los examine; son mi más preciosa posesión. Siéntese, yo se los mostraré desde aquí, y usted podrá ver todo perfectamente.

Mostró la primera hoja. El explorador hubiera querido hacer alguna observación pertinente, pero sólo vio líneas que se cruzaban repetida y laberínticamente, y que cubrían en tal forma el papel que apenas podían verse los espacios en blanco que las separaban.

-Lea -dijo el oficial.

-No puedo -dijo el explorador.

-Sin embargo, está claro -dijo el oficial.

-Es muy ingenioso -dijo el explorador evasivamente-, pero no puedo descifrarlo.

-Sí -dijo el oficial, riendo y guardando nuevamente el plano-, no es justamente caligrafía para escolares. Hay que estudiarlo largamente. También usted terminaría por entenderlo, estoy seguro. Naturalmente, no puede ser una inscripción simple; su fin no es provocar directamente la muerte, sino después de un lapso de doce horas, término medio; se calcula que el momento crítico tiene lugar a la sexta hora. Por lo tanto, muchos, muchísimos adornos rodean la verdadera inscripción; ésta sólo ocupa una estrecha faja en torno del cuerpo; el resto se reserva a los embellecimientos. ¿Está ahora en condiciones de apreciar la labor de la Rastra, y de todo el aparato? ¡Fíjese! -y subió de un salto la escalera, e hizo girar una rueda-. ¡Atención, hágase a un lado!

El conjunto comenzó a funcionar. Si la rueda no hubiera chirriado, habría sido maravilloso. Como si el ruido de la rueda lo hubiera sorprendido, el oficial la amenazó con el puño, luego abrió los brazos, como disculpándose ante el explorador, y descendió rápidamente, para observar desde abajo el funcionamiento del aparato. Todavía había algo que no andaba, y que sólo él percibía; volvió a subir, buscó algo con ambas manos en el interior del Diseñador, se dejó deslizar por una de las barras, en vez de utilizar la escalera, para bajar más rápidamente, y exclamó con toda su voz en el oído del explorador, para hacerse oír en medio del estrépito:

-¿Comprende el funcionamiento? La Rastra comienza a escribir; cuando termina el primer borrador de la inscripción en el dorso del individuo, la capa de algodón gira y hace girar el cuerpo lentamente sobre un costado pera dar más lugar a la Rastra. Al mismo tiempo, las partes ya escritas se apoyan sobre el algodón, que gracias a su preparación especial contiene la emisión de sangre y prepara la superficie para seguir profundizando la inscripción. Luego, a medida que el cuerpo sigue girando, estos dientes del borde de la Rastra arrancan el algodón de las heridas, lo arrojan al hoyo, y la Rastra puede proseguir su labor. Así sigue inscribiendo, cada vez más hondo, las doce horas. Durante las primeras seis horas, el condenado se mantiene casi tan vivo como al principio, sólo sufre dolores. Después de dos horas, se le quita la mordaza de fieltro, porque ya no tiene fuerzas para gritar. Aquí, en este recipiente calentado eléctricamente, junto a la cabecera de la Cama, se vierte pulpa caliente de arroz, para que el hombre se alimente, si así lo desea, lamiéndola con la lengua. Ninguno desdeña esta oportunidad. No sé de ninguno, y mi experiencia es vasta. Sólo después de seis horas desaparece todo deseo de comer. Generalmente me arrodillo aquí, en ese momento, y observo el fenómeno. El hombre no traga casi nunca el último bocado, sólo lo hace girar en la boca, y lo escupe en el hoyo. Entonces tengo que agacharme, porque si no me escupiría en la cara. ¡Qué tranquilo se queda el hombre después de la sexta hora! Hasta el más estólido comienza a comprender. La comprensión se inicia en torno de los ojos. Desde allí se expande. En ese momento uno desearía colocarse con él bajo la Rastra. Ya no ocurre más nada; el hombre comienza solamente a descifrar la inscripción, estira los labios hacia afuera, como si escuchara. Usted ya ha visto que no es fácil descifrar la inscripción con los ojos; pero nuestro hombre la descifra con sus heridas. Realmente, cuesta mucho trabajo; necesita seis horas por lo menos. Pero ya la Rastra lo ha atravesado completamente y lo arroja en el hoyo, donde cae en medio de la sangre y el agua y el algodón. La sentencia se ha cumplido, y nosotros, yo y el soldado, lo enterramos.

El explorador había inclinado el oído hacia el oficial, y con las manos en los bolsillos de la chaqueta contemplaba el funcionamiento de la máquina. También el condenado lo contemplaba, pero sin comprender. Un poco agachado, seguía el movimiento de las agujas oscilantes; mientras tanto el soldado, ante una señal del oficial, le cortó con un cuchillo la camisa y los pantalones por la parte de atrás, de modo que estos últimos cayeron al suelo; el individuo trató de retener las ropas que se le caían, para cubrir su desnudez, pero el soldado lo alzó en el aire y sacudiéndolo hizo caer los últimos jirones de vestimenta. El oficial detuvo la máquina, y en medio del repentino silencio el condenado fue colocado bajo la Rastra. Le desataron las cadenas, y en su lugar lo sujetaron con las correas; en el primer instante, esto pareció significar casi un alivio para el condenado. Luego hicieron descender un poco más la Rastra, porque era un hombre delgado. Cuando las puntas lo rozaron, un estremecimiento recorrió su piel; mientras el soldado le ligaba la mano derecha, el condenado lanzó hacia afuera la izquierda, sin saber hacia dónde, pero en dirección del explorador. El oficial observaba constantemente a este último, de reojo, como si quisiera leer en su cara la impresión que le causaba la ejecución que por lo menos superficialmente acababa de explicarle.

La correa destinada a la mano izquierda se rompió; probablemente, el soldado la había estirado demasiado. El oficial tuvo que intervenir, y el soldado le mostró el trozo roto de correa. Entonces el oficial se le acercó y con el rostro vuelto hacia el explorador dijo:

-Esta máquina es muy compleja, a cada momento se rompe o se descompone alguna cosa; pero uno no debe permitir que estas circunstancias influyan en el juicio de conjunto. De todos modos, las correas son fácilmente sustituibles; usaré una cadena; es claro que la delicadeza de las vibraciones del brazo derecho sufrirá un poco.

Y mientras sujetaba la cadena, agregó:

-Los recursos destinados a la conservación de la máquina son ahora sumamente reducidos. Cuando estaba el antiguo comandante, yo tenía a mí disposición una suma de dinero con esa única finalidad. Había aquí un depósito, donde se guardaban piezas de repuesto de todas clases. Confieso que he sido bastante pródigo con ellas, me refiero a antes, no ahora, como insinúa el nuevo comandante, para quien todo es un motivo de ataque contra el antiguo orden. Ahora se ha hecho cargo personalmente del dinero destinado a la máquina, y si le mando pedir una nueva correa, me pide, como prueba, la correa rota; la nueva llega por lo menos diez días después, y además es de mala calidad, y no sirve de mucho. Cómo puede funcionar mientras tanto la máquina sin correas, eso no le preocupa a nadie.

El explorador pensó: Siempre hay que reflexionar un poco antes de intervenir decisivamente en los asuntos de los demás. Él no era ni miembro de la colonia penitenciaria, ni ciudadano del país al que ésta pertenecía. Si pretendía emitir juicios sobre la ejecución o trataba directamente de obstaculizarla, podían decirle: "Eres un extranjero, no te metas". Ante esto no podía contestar nada, sólo agregar que realmente no comprendía su propia actitud, y de ningún modo pretendía modificar los métodos judiciales de los demás. Pero aquí se encontraba con cosas que realmente lo tentaban a quebrar su resolución de no inmiscuirse. La injusticia del procedimiento y la inhumanidad de la ejecución eran indudables. Nadie podía suponer que el explorador tenía algún interés personal en el asunto, porque el condenado era para él un desconocido, no era compatriota suyo, y ni siquiera era capaz de inspirar compasión. El explorador había sido recomendado por personas muy importantes, había sido recibido con gran cortesía, y el hecho de que lo hubieran invitado a la ejecución podía justamente significar que se deseaba conocer su opinión sobre el asunto. Esto parecía bastante probable, porque el comandante, como bien claramente acababan de expresarle, no era partidario de esos procedimientos, y su actitud ante el oficial era casi hostil.

En ese momento oyó el explorador un grito airado del oficial. Acababa de colocar, no sin gran esfuerzo, la mordaza de fieltro dentro de la boca del condenado, cuando este último, con una náusea irresistible, cerró los ojos y vomitó. Rápidamente el oficial le alzó la cabeza, alejándola de la mordaza y tratando de dirigirla hacia el hoyo; pero era demasiado tarde, y el vómito se derramó sobre la máquina.

-¡Todo esto es culpa del comandante! -gritó el oficial, sacudiendo insensatamente la barra de cobre que tenía enfrente-. Me dejarán la máquina más sucia que una pocilga -y con manos temblorosas mostró al explorador lo que había ocurrido-. Durante horas he tratado de hacerle comprender al comandante que el condenado debe ayunar un día entero antes de la ejecución. Pero nuestra nueva doctrina compasiva no lo quiere así. Las señoras del comandante visitan al condenado y le atiborran la garganta de dulces. Durante toda la vida se alimentó con peces hediondos, y ahora necesita comer dulces. Pero en fin, podríamos pasarlo por alto, yo no protestaría, pero ¿por qué no quieren conseguirme una nueva mordaza de fieltro, ya que hace tres meses que la pido? ¿Quién podría meterse en la boca, sin asco, una mordaza que más de cien moribundos han chupado y mordido?

El condenado había dejado caer la cabeza y parecía tranquillo; mientras tanto, el soldado limpiaba la máquina con la camisa del otro. El oficial se dirigió hacia el explorador, que tal vez por un presentimiento retrocedió un paso, pero el oficial lo cogió por la mano y lo llevó aparte.

-Quisiera hablar confidencialmente algunas palabras con usted -dijo este último-. ¿Me lo permite?

-Naturalmente -dijo el explorador, y escuchó con la mirada baja.

-Este procedimiento judicial, y este método de castigo, que usted tiene ahora oportunidad de admirar, no goza actualmente en nuestra colonia de ningún abierto partidario. Soy su único sostenedor, y al mismo tiempo el único sostenedor de la tradición del antiguo comandante. Ya ni podría pensar en la menor ampliación del procedimiento, y necesito emplear todas mis fuerzas para mantenerlo tal como es actualmente. En vida de nuestro antiguo comandante, la colonia estaba llena de partidarios; yo poseo en parte la fuerza de convicción del antiguo comandante, pero carezco totalmente de su poder; en consecuencia, los partidarios se ocultan; todavía hay muchos, pero ninguno lo confiesa. Si usted entra hoy, que es día de ejecución, en la confitería, y escucha las conversaciones, tal vez sólo oiga frases de sentido ambiguo. Esos son todos partidarios, pero bajo el comandante actual, y con sus doctrinas actuales, no me sirven absolutamente de nada. Y ahora le pregunto: ¿le parece bien que por culpa de este comandante y sus señoras, que influyen sobre él, semejante obra de toda una vida -y señaló la maquinaria- desaparezca? ¿Podemos permitirlo? Aun cuando uno sea un extranjero, y sólo haya venido a pasar un par de días en nuestra isla. Pero no podemos perder tiempo, porque también se prepara algo contra mis funciones judiciales; ya tienen lugar conferencias en la oficina del comandante, de las que me veo excluido; hasta su visita de hoy, señor, me parece formar parte de un plan; por cobardía, lo utilizan a usted, un extranjero, como pantalla. ¡Qué diferencia era en otros tiempos la ejecución! Ya un día antes de la ceremonia, el valle estaba completamente lleno de gente; todos venían sólo para ver; por la mañana temprano aparecía el comandante con sus señoras; las fanfarrias despertaban a todo el campamento; yo presentaba un informe de que todo estaba preparado; todo el estado mayor -ningún alto oficial se atrevía a faltar- se ubicaba en torno de la máquina; este montón de sillas de mimbre es un mísero resto de aquellos tiempos. La máquina resplandecía, recién limpiada; antes de cada ejecución me entregaban piezas nuevas de repuesto. Ante cientos de ojos -todos los asistentes en puntas de pie, hasta en la cima de esas colinas- el condenado era colocado por el mismo comandante debajo de la Rastra. Lo que hoy corresponde a un simple soldado, era en esa época tarea mía, tarea del juez presidente del juzgado, y un gran honor para mí. Y entonces empezaba la ejecución. Ningún ruido discordante afectaba el funcionamiento de la máquina. Muchos ya no miraban; permanecían con los ojos cerrados, en la arena; todos sabían: ahora se hace justicia. En ese silencio, sólo se oían los suspiros del condenado, apenas apagados por el fieltro. Hoy la máquina ya no es capaz de arrancar al condenado un suspiro tan fuerte que el fieltro no pueda apagarlo totalmente; pero en ese entonces las agujas inscriptoras vertían un líquido ácido, que hoy ya no nos permiten emplear. ¡Y llegaba la sexta hora! Era imposible satisfacer todos los pedidos formulados para contemplarla desde cerca. El comandante, muy sabiamente, había ordenado que los niños tendrían preferencia sobre todo el mundo; yo, por supuesto, gracias a mi cargo, tenía el privilegio de permanecer junto a la máquina; a menudo estaba en cuclillas, con un niñito en cada brazo, a derecha e izquierda. ¡Cómo absorbíamos todos esa expresión de transfiguración que aparecía en el rostro martirizado, cómo nos bañábamos las mejillas en el resplandor de esa justicia, por fin lograda y que tan pronto desaparecería! ¡Qué tiempos, camarada!

El oficial había evidentemente olvidado quién era su interlocutor; lo había abrazado, y apoyaba la cabeza sobre su hombro. El explorador se sentía grandemente desconcertado; inquieto, miraba hacia la lejanía. El soldado había terminado su limpieza, y ahora vertía pulpa de arroz en el recipiente. Apenas la advirtió el condenado, que parecía haberse mejorado completamente, comenzó a lamer la papilla con la lengua. El soldado trataba de alejarlo, porque la papilla era para más tarde, pero de todos modos también era incorrecto que el soldado metiera en el recipiente sus sucias manos, y se dedicara a comer ante el ávido condenado.

El oficial recobró rápidamente el dominio de sí mismo.

-No quise emocionarlo -dijo-, ya sé que actualmente es imposible dar una idea de lo que eran esos tiempos. De todos modos, la máquina todavía funciona, y se basta a sí misma. Se basta a sí misma, aunque se encuentra muy solitaria en este valle. Y al terminar, el cadáver cae como antaño dentro del hoyo, con un movimiento incomprensiblemente suave, aunque ya no se apiñan las muchedumbres como moscas en torno de la sepultura, como en otros tiempos. Antaño teníamos que colocar una sólida baranda en torno de la sepultura, pero hace mucho que la arrancamos.

El explorador quería ocultar su rostro al oficial, y miraba en torno, al azar. El oficial creía que contemplaba la desolación del valle; le cogió por lo tanto las manos, se coloco frente a él, para mirarlo en los ojos, y le preguntó:

-¿Se da cuenta, qué vergüenza?

Pero el explorador calló. El oficial lo dejó un momento entregado a sus pensamientos; con las manos en las caderas, las piernas abiertas, permaneció callado, cabizbajo. Luego sonrió alentadoramente al explorador, y dijo:

-Yo estaba ayer cerca de usted cuando el comandante lo invitó. Oí la invitación. Conozco al comandante. Inmediatamente comprendí el propósito de esta invitación. Aunque su poder es suficientemente grande para tomar medidas contra mí, todavía no se atreve, pero ciertamente tiene la intención de oponerme el veredicto de usted, el veredicto del ilustre extranjero. Lo ha calculado perfectamente: hace dos días que usted está en la isla, no conoció al antiguo comandante, ni su manera de pensar, está habituado a los puntos de vista europeos, tal vez se opone fundamentalmente a la pena capital en general y a estos tipos de castigo mecánico en particular; además comprueba que la ejecución tiene lugar sin ningún apoyo popular, tristemente, mediante una máquina ya un poco arruinada; considerando todo esto (así piensa el comandante), ¿no sería entonces muy probable que desaprobara mis métodos? Y si los desaprobara, no ocultaría su desaprobación (hablo siempre en nombre del comandante), porque confía ampliamente en sus bien probadas conclusiones. Es verdad que usted ha visto las numerosas peculiaridades de numerosos pueblos, y ha aprendido a apreciarlas, y por lo tanto es probable que no se exprese con excesivo rigor contra el procedimiento, como lo haría en su propio país. Pero el comandante no necesita tanto. Una palabra cualquiera, hasta una observación un poco imprudente le bastaría. No hace siquiera falta que esa observación exprese su opinión, basta que aparentemente corrobore la intención del comandante. Que él tratará de sonsacarlo con preguntas astutas, de eso estoy seguro. Y sus señoras estarán sentadas en torno, y alzarán las orejas; tal vez usted diga: "En mi país el procedimiento judicial es distinto" o "En mi país se permite al acusado defenderse antes de la sentencia" o "En mi país hay otros castigos, además de la pena de muerte" o "En mi país sólo existió la tortura en la Edad Media". Todas éstas son observaciones correctas y que a usted le parecen evidentes, observaciones inocentes, que no pretenden juzgar mis procedimientos. Pero ¿como la tomará el comandante? Ya lo veo al buen comandante, veo cómo aparta su silla y sale rápidamente al balcón, veo a sus señoras, que se precipitan tras él como un torrente, oigo su voz (las señoras la llaman una voz de trueno) que dice: "Un famoso investigador europeo, enviado para estudiar el procedimiento judicial en todos los países del mundo, acaba de decir que nuestra antigua justicia es inhumana. Después de oír el juicio de semejante personalidad, ya no me es posible seguir permitiendo este procedimiento. Por la tanto, ordeno que desde el día de hoy..." y así sucesivamente. Usted trata de interrumpirlo para explicar que no dijo lo que él pretende, que no llamó nunca inhumano mi procedimiento, que en cambio su profunda experiencia le demuestra que es el procedimiento más humano y acorde con la dignidad humana, que admira esta maquinaria... pero ya es demasiado tarde; usted no puede asomarse al balcón, que está lleno de damas; trata de llamar la atención; trata de gritar; pero una mano de señora le tapa la boca... y tanto yo como la obra del antiguo comandante estamos irremediablemente perdidos.

El explorador tuvo que contener una sonrisa; tan fácil era entonces la tarea que le había parecido tan difícil. Dijo evasivamente:

-Usted exagera mi influencia; el comandante leyó mis cartas de recomendación, y sabe que no soy ningún entendido en procedimientos judiciales. Si yo expresara una opinión, sería la opinión de un particular, en nada más significativa que la opinión de cualquier otra persona, y en todo caso mucho menos significativa que la opinión del comandante, que según creo posee en esta colonia penitenciaria prerrogativas extensísimas. Si la opinión de él sobre este procedimiento es tan hostil como usted dice, entonces me temo que haya llegado la hora decisiva para el mismo, sin que se requiera mi humilde ayuda.

¿Lo había comprendido ya el oficial? No, todavía no lo comprendía. Meneó enfáticamente la cabeza, volvió brevemente la mirada hacia el condenado y el soldado, que se alejaron por instinto del arroz, se acercó bastante al explorador, lo miró no en los ojos, sino en algún sitio de la chaqueta, y le dijo más despacio que antes:

-Usted no conoce al comandante; usted cree (perdone la expresión) que es una especie de extraño para él y para nosotros; sin embargo, créame, su influjo no podría ser subestimado. Fue una verdadera felicidad para mí saber que usted asistiría solo a la ejecución. Esa orden del comandante debía perjudicarme, pero yo sabré sacar ventaja de ella. Sin distracciones provocadas por falsos murmullos y por miradas desdeñosas (imposibles de evitar si una gran multitud hubiera asistido a la ejecución), usted ha oído mis explicaciones, ha visto la máquina, y está ahora a punto de contemplar la ejecución. Ya se ha formado indudablemente un juicio; si todavía no está seguro de algún pequeño detalle el desarrollo de la ejecución disipará sus últimas dudas. Y ahora elevo ante usted esta súplica: Ayúdeme contra el comandante.

El explorador no le permitió proseguir.

-¡Cómo me pide usted eso -exclamó-, es totalmente imposible! No puedo ayudarlo en lo más mínimo, así como tampoco puedo perjudicarlo.

-Puede -dijo el oficial; con cierto temor, el explorador vio que el oficial contraía los puños-. Puede -repitió el oficial con más insistencia todavía-. Tengo un plan, que no fallará. Usted cree que su influencia no es suficiente. Yo sé que es suficiente. Pero suponiendo que usted tuviera razón, ¿no sería de todos modos necesario tratar de utilizar toda clase de recursos aunque dudemos de su eficacia, con tal de conservar el antiguo procedimiento? Por lo tanto escuche usted mi plan. Ante todo es necesario para su éxito que hoy, cuando se encuentre usted en la colonia, sea lo más reticente posible en sus juicios sobre el procedimiento. A menos que le formulen una pregunta directa, no debe decir una palabra sobre el asunto; si lo hace, que sea con frases breves y ambiguas; debe dar a entender que no le agrada discutir ese tema, que ya está harto de él, que si tuviera que decir algo prorrumpiría francamente en maldiciones. No le pido que mienta; de ningún modo; sólo debe contestar lacónicamente, por ejemplo: "Sí, asistí a la ejecución" o "Sí, escuché todas las explicaciones". Sólo eso, nada más. En cuanto al fastidio que usted pueda dar a entender, tiene motivos suficientes, aunque no sean tan evidentes para el comandante. Naturalmente, éste comprenderá todo mal, y lo interpretará a su manera. En eso se basa justamente mi plan. Mañana se realizará en la oficina del comandante, presidida por éste, una gran asamblea de todos los altos oficiales administrativos. El comandante, por supuesto, ha logrado convertir esas asambleas en un espectáculo público. Hizo construir una galería, que está siempre llena de espectadores. Estoy obligado a tomar parte en las asambleas, pero me enferman de asco. Ahora bien, pase lo que pase, es seguro que a usted lo invitarán; si se atiene hoy a mi plan, la invitación se convertirá en una insistente súplica. Pero si por cualquier motivo imprevisible no fuera invitado, debe usted de todos modos pedir que lo inviten; es indudable que así lo harán. Por lo tanto, mañana estará usted sentado con las señoras en el palco del comandante. Él mira a menudo hacia arriba, para asegurarse de su presencia. Después de varias órdenes del día, triviales y ridículas, calculadas para impresionar al auditorio -en su mayoría son obras portuarias, ¡eternamente obras portuarias!-, se pasa a discutir nuestro procedimiento judicial. Si eso no ocurre, o no ocurre bastante pronto, por desidia del comandante, me encargaré yo de introducir el tema. Me pondré de pie y mencionaré que la ejecución de hoy tuvo lugar. Muy breve, una simple mención. Semejante mención no es en realidad usual, pero no importa. El comandante me da las gracias, como siempre, con una sonrisa amistosa, y ya sin poder contenerse aprovecha la excelente oportunidad. "Acaban de anunciar -más o menos así dirá- que ha tenido lugar la ejecución. Sólo quisiera agregar a este anuncio que dicha ejecución ha sido presenciada por el gran investigador que como ustedes saben honra extraordinariamente nuestra colonia con su visita. También nuestra asamblea de hoy adquiere singular significado gracias a su presencia. ¿No convendría ahora preguntar a este famoso investigador qué juicio le merece nuestra forma tradicional de administrar la pena capital, y el procedimiento judicial que la precede?" Naturalmente, aplauso general, acuerdo unánime, y mío más que de nadie. El comandante se inclina ante usted, y dice: "Por lo tanto, le formulo en nombre de todos dicha pregunta". Y entonces usted se adelanta hacia la baranda del palco. Apoya las manos donde todos pueden verlas, porque si no se las cogerán las señoras y jugarán con sus dedos. Y por fin se escucharán sus palabras. No sé cómo podré soportar la tensión de la espera hasta ese instante. En su discurso no debe haber ninguna reticencia, diga la verdad a pleno pulmón, inclínese sobre el borde del balcón, grite, sí, grite al comandante su opinión, su inconmovible opinión. Pero tal vez no le guste a usted esto, no corresponde a su carácter, o quizá en su país uno se comporta diferentemente en esas ocasiones; bueno, está bien, también así será suficientemente eficaz, no hace falta que se ponga de pie, diga solamente un par de palabras, susúrrelas, que sólo los oficiales que están debajo de usted las oigan, es suficiente, no necesita mencionar siquiera la falta de apoyo popular a la ejecución, ni la rueda que chirría, ni las correas rotas, ni el nauseabundo fieltro, no, yo me encargo de todo eso, y le aseguro que si mi discurso no obliga al comandante a abandonar el salón, lo obligará a arrodillarse y reconocer: "Antiguo comandante, ante ti me inclino". Este es mi plan; ¿quiere ayudarme a realizarlo? Pero, naturalmente, usted quiere; aún más, debe ayudarme.

El oficial cogió al explorador por ambos brazos, y lo miró en los ojos, respirando agitadamente. Había gritado con tal fuerza las últimas frases, que hasta el soldado y el condenado se habían puesto a escuchar; aunque no podían entender nada, habían dejado de comer y dirigían la mirada hacia el explorador, masticando todavía.

Desde el primer momento el explorador no había dudado de cuál debía ser su respuesta. Durante su vida había reunido demasiada experiencia para dudar en este caso; era un persona fundamentalmente honrada y no conocía el temor. Sin embargo, contemplando al soldado y al condenado, vaciló un instante. Por fin dijo lo que debía decir:

-No.

El oficial parpadeó varias veces, pero no desvió la mirada.

-¿Desea usted una explicación? -preguntó el explorador.

El oficial asintió, sin hablar.

-Desapruebo este procedimiento -dijo entonces el explorador-, aun desde antes que usted me hiciera estas confidencias (por supuesto que bajo ninguna circunstancia traicionaré la confianza que ha puesto en mí); ya me había preguntado si sería mi deber intervenir, y si mi intervención tendría después de todo alguna posibilidad de éxito. Pero sabía perfectamente a quién debía dirigirme en primera instancia: naturalmente al comandante. Usted lo ha hecho más indudable aún, aunque confieso que no sólo no ha fortalecido mi decisión, sino que su honrada convicción ha llegado a conmoverme mucho, por más que no logre modificar mi opinión.

El oficial callaba; se volvió hacia la máquina, se tomó de una de las barras de bronce, y contempló, un poco echado hacia atrás, el Diseñador, como para comprobar que todo estaba en orden. El soldado y el condenado parecían haberse hecho amigos; el condenado hacía señales al soldado, aunque sus sólidas ligaduras dificultaban notablemente la operación; el soldado se inclinó hacia él; el condenado le susurró algo, y el soldado asintió.

El explorador se acercó al oficial, y dijo:

-Todavía no sabe usted lo que pienso hacer. Comunicaré al comandante, en efecto, lo que opino del procedimiento, pero no en una asamblea, sino en privado; además, no me quedaré aquí lo suficiente para asistir a ninguna conferencia; mañana por la mañana me voy, o por lo menos me embarco.

No parecía que el oficial lo hubiera escuchado.

-Así que el procedimiento no lo convence -dijo éste para sí, y sonrió, como un anciano que se ríe de la insensatez de un niño, y a pesar de la sonrisa prosigue sus propias meditaciones-. Entonces, llegó el momento -dijo por fin, y miró de pronto al explorador con clara mirada, en la que se veía cierto desafío, cierto vago pedido de cooperación.

-¿Cuál momento? -preguntó inquieto el explorador, sin obtener respuesta.

-Eres libre -dijo el oficial al condenado, en su idioma; el hombre no quería creerlo-. Vamos, eres libre -repitió el oficial.

Por primera vez, el rostro del condenado parecía realmente animarse. ¿Sería verdad? ¿No sería un simple capricho del oficial, que no duraría ni un instante? ¿Tal vez el explorador extranjero había suplicado que lo perdonaran? ¿Qué ocurría? Su cara parecía formular estas preguntas. Pero por poco tiempo. Fuera lo que fuese, deseaba ante todo sentirse realmente libre, y comenzó a retorcerse en la medida que la Rastra se lo permitía.

-Me romperás las correas -gritó el oficial-, quédate quieto. Ya te desataremos.

Y después de hacer una señal al soldado, pusieron manos a la obra. El condenado sonreía sin hablar, para sí mismo, volviendo la cabeza ora hacia la izquierda, hacia el oficial, ora hacia el soldado, a la derecha; y tampoco olvidó al explorador.

-Sácalo de allí -ordenó el oficial al soldado.

A causa de la Rastra. esta operación exigía cierto cuidado. Ya el condenado, por culpa de su impaciencia, se había provocado una pequeña herida desgarrante en la espalda.

Desde este momento, el oficial no le prestó la menor atención. Se acercó al explorador, volvió a sacar el pequeño portafolio de cuero, buscó en él un papel, encontró por fin la hoja que buscaba, y la mostró al explorador.

-Lea esto -dijo.

-No puedo -dijo el explorador -, ya le dije que no puedo leer esos planos.

-Mírelo con más atención, entonces -insistió el oficial, y se acercó más al explorador, para que leyeran juntos.

Como tampoco esto resultó de ninguna utilidad, el oficial trató de ayudarlo, siguiendo la inscripción con el dedo meñique, a gran altura, como si en ningún caso debiera tocar el plano. El explorador hizo un esfuerzo para mostrarse amable con el oficial, por lo menos en algo, pero sin éxito. Entonces el oficial comenzó a deletrear la inscripción, y luego la leyó entera.

-"Sé justo", dice -explicó-; ahora puede leerla.

El explorador se agachó sobre el papel, que el oficial, temiendo que lo tocara, alejó un poco; el explorador no dijo absolutamente nada, pero era evidente que todavía no había conseguido leer una letra.

-"Se justo", dice -repitió el oficial.

-Puede ser -dijo el explorador-, estoy dispuesto a creer que así es.

-Muy bien -dijo el oficial, por lo menos en parte satisfecho-, y trepó la escalera con el papel en la mano; con gran cuidado lo colocó dentro del Diseñador, y pareció cambiar toda la disposición de los engranajes; era una labor muy difícil, seguramente había que manejar rueditas muy diminutas; a menudo la cabeza del oficial desaparecía completamente dentro del Diseñador, tanta exactitud requería el montaje de los engranajes.

Desde abajo, el explorador contemplaba incesantemente su labor, con el cuello endurecido, y los ojos doloridos por el reflejo del sol sobre el cielo. El soldado y el condenado estaban ahora muy ocupados. Con la punta de la bayoneta, el soldado pescó del fondo del hoyo la camisa y los pantalones del condenado. La camisa estaba espantosamente sucia, y el condenado la lavó en el balde de agua. Cuando se puso la camisa y los pantalones, tanto el soldado como el condenado se rieron estrepitosamente, porque las ropas estaban rasgadas por detrás. Tal vez el condenado se creía en la obligación de entretener al soldado, y con sus ropas desgarradas giraba delante de él; el soldado se había puesto en cuclillas y a causa de la risa se golpeaba las rodillas. Pero trataban de contenerse, por respeto hacia los presentes.

Cuando el oficial terminó arriba con su trabajo, revisó nuevamente todos los detalles de la maquinaria, sonriendo, pero esta vez cerró la tapa del Diseñador, que hasta ahora había estado abierta; descendió, miró el hoyo, luego al condenado, advirtió satisfecho que éste había recuperado sus ropas, luego se dirigió al balde, para lavarse las manos. Descubrió demasiado tarde que estaba repugnantemente sucio, se entristeció porque ya no podía lavarse las manos, finalmente las hundió en la arena -este sustituto no le agradaba mucho, pero tuvo que conformarse-, luego se puso de pie y comenzó a desabotonarse el uniforme. Le cayeron entonces en la mano dos pañuelos de mujer que tenía metidos debajo del cuello.

-Aquí tienes tus pañuelos -dijo, y se los arrojó al condenado.

Y explicó al explorador:

-Regalo de las señoras.

A pesar de la evidente prisa con que se quitaba la chaqueta del uniforme, para luego desvestirse totalmente, trataba cada prenda de vestir con sumo cuidado; acarició ligeramente con los dedos los adornos plateados de su chaqueta, y colocó una borla en su lugar. Este cuidado parecía, sin embargo, innecesario, porque apenas terminaba de acomodar una prenda, inmediatamente, con una especie de estremecimiento de desagrado, la arrojaba dentro del hoyo. Lo último que le quedó fue su espadín y el cinturón que lo sostenía. Sacó el espadín de la vaina, lo rompió, luego reunió todos los trozos de espada, la vaina y el cinturón, y los arrojó con tanta violencia que los fragmentos resonaron al caer en el fondo.

Ya estaba desnudo. El explorador se mordió los labios y no dijo nada. Sabía muy bien lo que iba a ocurrir, pero no tenía ningún derecho de inmiscuirse. Si el procedimiento judicial, que tanto significaba para el oficial, estaba realmente tan próximo a su desaparición -posiblemente como consecuencia de la intervención del explorador, lo que para éste era una ineludible obligación-, entonces el oficial hacía lo que debía hacer; en su lugar el explorador no habría procedido de otro modo.

Al principio, el soldado y el condenado no comprendían; para empezar, ni siquiera miraban. El condenado estaba muy contento de haber recuperada los pañuelos, pero esta alegría no le duró mucho porque el soldado se los arrancó, con un ademán rápido e inesperado. Ahora el condenado trataba de arrancarle a su vez los pañuelos al soldado; éste se los había metido debajo del cinturón, y se mantenía alerta. Así luchaban, medio en broma. Sólo cuando el oficial apareció completamente desnudo, prestaron atención. Sobre todo el condenado pareció impresionado por la idea de este asombroso trueque de la suerte. Lo que le había sucedido a él, ahora le sucedía al oficial. Tal vez hasta el final. Aparentemente, el explorador extranjero había dado la orden. Por lo tanto, esto era la venganza. Sin haber sufrido hasta el fin, ahora sería vengado hasta el fin. Una amplia y silenciosa sonrisa apareció entonces en su rostro, y no desapareció más. Mientras tanto, el oficial se dirigió hacia la máquina. Aunque ya había demostrado con largueza que la comprendía, era sin embargo casi alucinante ver cómo la manejaba, y cómo ella le respondía. Apenas acercaba una mano a la Rastra, ésta se levantaba y bajaba varias veces, hasta adoptar la posición correcta para recibirlo; tocó apenas el borde de la Cama, y ésta comenzó inmediatamente a vibrar; la mordaza de fieltro se aproximó a su boca; se veía que el oficial hubiera preferido no ponérsela, pero su vacilación sólo duró un instante, luego se sometió y aceptó la mordaza en la boca. Todo estaba preparado, sólo las correas pendían a los costados, pero eran evidentemente innecesarias, no hacía falta sujetar al oficial. Pero el condenado advirtió las correas sueltas; como según su opinión la ejecución era incompleta si no se sujetaban las correas, hizo un gesto ansioso al soldado, y ambos se acercaron para atar al oficial. Éste había extendido ya un pie, para empujar la manivela que hacía funcionar el Diseñador; pero vio que los dos se acercaban, y retiró al pie, dejándose atar con las correas. Pero ahora ya no podía alcanzar la manivela; ni el soldado ni el condenado sabrían encontrarla, y el explorador estaba decidido a no moverse. No hacía falta; apenas se cerraron las correas, la máquina comenzó a funcionar; la Cama vibraba, las agujas bailaban sobre la piel, la Rastra subía y bajaba. El explorador miró fijamente, durante un rato; de pronto recordó que una rueda del Diseñador hubiera debido chirriar; pero no se oía ningún ruido, ni siquiera el más leve zumbido.

Trabajando tan silenciosamente, la máquina pasaba casi inadvertida. El explorador miró hacia el soldado y el condenado. El condenado mostraba más animación, todo en la máquina le interesaba, de pronto se agachaba, de pronto se estiraba, y todo el tiempo mostraba algo al soldado con el índice extendido. Para el explorador, esto era penoso. Estaba decidido a permanecer allí hasta el final, pero la vista de esos dos hombres le resultaba insoportable.

-Vuelvan a casa -dijo.

El soldado estaba dispuesto a obedecerlo, pero el condenado consideró la orden como un castigo. Con las manos juntas imploró lastimeramente que le permitieran quedarse, y como el explorador meneaba la cabeza, y no quería ceder, terminó por arrodillarse. El explorador comprendió que las órdenes eran inútiles, y decidió acercarse y sacarlos a empujones. Pero oyó un ruido arriba, en el Diseñador. Alzó la mirada. ¿Finalmente habría decidido andar mal la famosa rueda? Pero era otra cosa. Lentamente, la tapa del Diseñador se levantó, y de pronto se abrió del todo. Los dientes de una rueda emergieron y subieron; pronto apareció toda la rueda, como si alguna enorme fuerza en el interior del Diseñador comprimiera las ruedas, de modo que ya no hubiera lugar para ésta; la rueda se desplazó hasta el borde del Diseñador, cayó, rodó un momento sobre el canto por la arena, y luego quedó inmóvil. Pero pronto subió otra, y otras la siguieron, grandes, pequeñas, imperceptiblemente diminutas; con todas ocurría lo mismo, siempre parecía que el Diseñador ya debía de estar totalmente vacío, pero aparecía un nuevo grupo, extraordinariamente numeroso, subía, caía, rodaba por la arena y se detenía. Ante este fenómeno, el condenado olvidó por completo la orden del explorador, las ruedas dentadas lo fascinaban, siempre quería coger alguna, y al mismo tiempo pedía al soldado que lo ayudara, pero siempre retiraba la mano con temor, porque en ese momento caía otra rueda que por lo menos en el primer instante lo atemorizaba.

El explorador, en cambio, se sentía muy inquieto; la máquina estaba evidentemente haciéndose trizas; su andar silencioso ya era una mera ilusión. El extranjero tenía la sensación de que ahora debía ocuparse del oficial, ya que el oficial no podía ocuparse más de sí mismo. Pero mientras la caída de los engranajes absorbía toda su atención, se olvidó del resto de la máquina; cuando cayó la última rueda del Diseñador, el explorador se volvió hacia la Rastra, y recibió una nueva y más desagradable sorpresa. La Rastra no escribía, sólo pinchaba, y la Cama no hacía girar el cuerpo, sino que lo levanta temblando hacia las agujas. El explorador quiso hacer algo que pudiera detener el conjunto de la máquina, porque esto no era la tortura que el oficial había buscado sino una franca matanza. Extendió las manos. En ese momento la Rastra se elevó hacia un costado con el cuerpo atravesado en ella, como solía hacer después de la duodécima hora. La sangre corría por un centenar de heridas, no ya mezclada con agua, porque también los canalículos del agua se habían descompuesto. Y ahora falló también la última función; el cuerpo no se desprendió de las largas agujas; manando sangre, pendía sobre el hoyo de la sepultara, sin caer. La Rastra quiso volver entonces a su anterior posición, pero como si ella misma advirtiera que no se había librado todavía de su carga, permaneció suspendida sobre el hoyo.

-Ayúdenme -gritó el explorador al soldado y al condenado, y cogió los pies del oficial.

Quería empujar los pies, mientras los otros dos sostenían del otro lado la cabeza del oficial, para desengancharlo lentamente de las agujas. Pero ninguno de los dos se decidía a acercarse; el condenado terminó por alejarse; el explorador tuvo que ir a buscarlos y empujarlos a la fuerza hasta la cabeza del oficial. En ese momento, casi contra su voluntad, vio el rostro del cadáver. Era como había sido en vida; no se descubría en él ninguna señal de la prometida redención; lo que todos los demás habían hallado en la máquina, el oficial no lo había hallado; tenía los labios apretados, los ojos abiertos, con la misma expresión de siempre, la mirada tranquila y convencida; y atravesada en medio de la frente la punta de la gran aguja de hierro.

Cuando el explorador llegó a las primeras casas de la colonia, seguido por el condenado y el soldado, éste le mostró uno de los edificios y le dijo:

-Esa es la confitería.

En la planta baja de una casa había un espacio profundo, de techo bajo, cavernoso, de paredes y cielo raso ennegrecidos por el humo. Todo el frente que daba a la calle estaba abierto. Aunque esta confitería no se distinguía mucho de las demás casas de la colonia, todas en notable mal estado de conservación (aun el palacio donde se alojaba el comandante), no dejó de causar en el explorador una sensación como de evocación histérica, al permitirle vislumbrar la grandeza de los tiempos idos. Se acercó y entró, seguido por sus acompañantes, entre las mesitas vacías, dispuestas en la calle frente al edificio, y respiró el aire fresco y cargado que provenía del interior.

-El viejo está enterrado aquí -dijo el soldado-, porque el cura le negó un lugar en el camposanto. Dudaron un tiempo dónde lo enterrarían, finalmente lo enterraron aquí. El oficial no le contó a usted nada, seguramente, porque ésta era, por supuesto, su mayor vergüenza. Hasta trató varias veces de desenterrar al viejo, de noche, pero siempre lo echaban.

-¿Dónde está la tumba? -preguntó el explorador, que no podía creer lo que oía.

Inmediatamente, el soldado y el condenado le mostraron con la mano dónde debía de encontrarse la tumba. Condujeron al explorador hasta la pared; en torno de algunas mesitas estaban sentados varios clientes. Aparentemente eran obreros del puerto, hombres fornidos, de barba corta, negra y luciente. Todos estaban sin chaqueta, tenían las camisas rotas, era gente pobre y humilde. Cuando el explorador se acercó, algunos se levantaron, se ubicaron junto a la pared, y lo miraron.

-Es un extranjero -murmuraban en torno de él-, quiere ver la tumba.

Corrieron hacia un lado una de las mesitas, debajo de la cual se encontraba realmente la lápida de una sepultura. Era una lápida simple, bastante baja, de modo que una mesa podía cubrirla. Mostraba una inscripción de letras diminutas; para leerlas, el explorador tuvo que arrodillarse. Decía así: "Aquí yace el antiguo comandante. Sus partidarios, que ya deben de ser incontables, cavaron esta tumba y colocaron esta lápida. Una profecía dice que después de determinado número de años el comandante resurgirá, desde esta casa conducirá a sus partidarios para reconquistar la colonia. ¡Crean y esperen!" Cuando el explorador terminó de leer y se levantó, vio que los hombres se reían, como si hubieran leído con él la inscripción, y ésta les hubiera parecido risible, y esperaban que él compartiera esa opinión. El explorador simuló no advertirlo, les repartió algunas monedas, esperó hasta que volvieran a correr la mesita sobre la tumba, salió de la confitería y se encaminó hacia el puerto.

El soldado y el condenado habían encontrado algunos conocidos en la confitería, y se quedaron conversando. Pero pronto se desligaron de ellos, porque cuando el explorador se encontraba por la mitad de la larga escalera que descendía hacia la orilla, lo alcanzaron corriendo. Probablemente querían pedirle a último momento que los llevara consigo. Mientras el explorador discutía abajo con un barquero el precio del transporte hasta el vapor, se precipitaron ambos por la escalera, en silencio, porque no se atrevían a gritar. Pero cuando llegaron abajo, el explorador ya estaba en el bote, y el barquero acababa de desatarlo de la costa. Todavía podían saltar dentro del bote, pero el explorador alzó del fondo del barco un cable pesado, los amenazó con él y evitó que saltaran.

La condena

Era domingo por la mañana en lo más hermoso de la primavera. Georg Bendemann, un joven comerciante, estaba sentado en su habitación en el primer piso de una de las casas bajas y de construcción ligera que se extendían a lo largo del río en forma de hilera, y que sólo se distinguían entre sí por la altura y el color.

Acababa de terminar una carta a un amigo de su juventud que se encontraba en el extranjero, la cerró con lentitud juguetona y miró luego por la ventana, con el codo apoyado sobre el escritorio, hacia el río, el puente y las colinas de la otra orilla con su color verde pálido.

Reflexionó sobre cómo este amigo, descontento de su éxito en su ciudad natal, había literalmente huido ya hacía años a Rusia. Ahora tenía un negocio en San Petersburgo, que al principio había marchado muy bien, pero que desde hacía tiempo parecía haberse estancado, tal como había lamentado el amigo en una de sus cada vez más infrecuentes visitas.

De este modo se mataba inútilmente trabajando en el extranjero, la extraña barba sólo tapaba con dificultad el rostro bien conocido desde los años de la niñez, rostro cuya piel amarillenta parecía manifestar una enfermedad en proceso de desarrollo. Según contaba, no tenía una auténtica relación con la colonia de sus compatriotas en aquel lugar y apenas relación social alguna con las familias naturales de allí y, en consecuencia, se hacía a la idea de una soltería definitiva.

¿Qué podía escribírsele a un hombre de este tipo, que, evidentemente, se había enclaustrado, de quien se podía tener lástima, pero a quien no se podía ayudar? ¿Se le debía quizá aconsejar que volviese a casa, que trasladase aquí su existencia, que reanudara todas sus antiguas relaciones amistosas, para lo cual no existía obstáculo, y que, por lo demás, confiase en la ayuda de los amigos? Pero esto no significaba otra cosa que decirle al mismo tiempo, con precaución, y por ello hiriéndolo aún más, que sus esfuerzos hasta ahora habían sido en vano, que debía, por fin, desistir de ellos, que tenía que regresar y aceptar que todos, con los ojos muy abiertos de asombro, lo mirasen como a alguien que ha vuelto para siempre; que sólo sus amigos entenderían y que él era como un niño viejo, que debía simplemente obedecer a los amigos que se habían quedado en casa y que habían tenido éxito.

¿E incluso entonces era seguro que tuviese sentido toda la amargura que había que causarle? Quizá ni siquiera se consiguiese traerlo a casa, él mismo decía que ya no entendía la situación en el país natal, y así permanecería, a pesar de todo, en su extranjero, amargado por los consejos y un poco más distanciado de los amigos. Pero si siguiera realmente el consejo y aquí se le humillase, naturalmente no con intención sino por la forma de actuar, no se encontraría a gusto entre sus amigos ni tampoco sin ellos, se avergonzaría y entonces no tendría de verdad ni hogar ni amigos. En estas circunstancias ¿no era mejor que se quedase en el extranjero tal como estaba? ¿Podría pensarse que en tales circunstancias saldría realmente adelante aquí?

Por estos motivos, y si se quería mantener la relación epistolar con él, no se le podían hacer verdaderas confidencias como se le harían sin temor al conocido más lejano. Hacía más de tres años que el amigo no había estado en su país natal y explicaba este hecho, apenas suficientemente, mediante la inseguridad de la situación política en Rusia, que, en consecuencia, no permitía la ausencia de un pequeño hombre de negocios mientras que cientos de miles de rusos viajaban tranquilamente por el mundo. Pero precisamente en el transcurso de estos tres años habían cambiado mucho las cosas para Georg. Sobre la muerte de su madre, ocurrida hacía dos años y desde la cual Georg vivía con su anciano padre en la misma casa, había tenido noticia el amigo, y en una carta había expresado su pésame con una sequedad que sólo podía tener su origen en el hecho de que la aflicción por semejante acontecimiento se hacía inimaginable en el extranjero. Ahora bien, desde entonces, Georg se había enfrentado al negocio, como a todo lo demás, con gran decisión. Quizá el padre, en la época en que todavía vivía la madre, lo había obstaculizado para llevar a cabo una auténtica actividad propia, por el hecho de que siempre quería hacer prevalecer su opinión en el negocio. Quizá desde la muerte de la madre, el padre, a pesar de que todavía trabajaba en el negocio, se había vuelto más retraído. Quizá desempeñaban un papel importante felices casualidades, lo cual era incluso muy probable; en todo caso, el negocio había progresado inesperadamente en estos dos años, había sido necesario duplicar el personal, las operaciones comerciales se habían quintuplicado, sin lugar a dudas tenían ante sí una mayor ampliación.

Pero el amigo no sabía nada de este cambio. Anteriormente, quizá por última vez en aquella carta de condolencia, había intentado convencer a Georg de que emigrase a Rusia y se había explayado sobre las perspectivas que se ofrecían precisamente en el ramo comercial de Georg. Las cifras eran mínimas con respecto a las proporciones que había alcanzado el negocio de Georg. Él no había querido contarle al amigo sus éxitos comerciales y si lo hubiese hecho ahora, con posterioridad, hubiese causado una impresión extraña.

Es así cómo Georg se había limitado a contarle a su amigo cosas sin importancia de las muchas que se acumulan desordenadamente en el recuerdo cuando se pone uno a pensar en un domingo tranquilo. No deseaba otra cosa que mantener intacta la imagen que, probablemente, se había hecho el amigo de su ciudad natal durante el largo período de tiempo, y con la cual se había conformado. Fue así como Georg, en tres cartas bastante distantes entre sí, informó a su amigo acerca del compromiso matrimonial de un señor cualquiera con una muchacha cualquiera, hasta que, finalmente, el amigo, totalmente en contra de la intención de Georg, comenzó a interesarse por este asunto.

Georg prefería contarle estas cosas antes que confesarle que era él mismo quien hacía un mes se había prometido con la señorita Frieda Brandenfeld, una joven de familia acomodada. Con frecuencia hablaba con su prometida de este amigo y de la especial relación epistolar que mantenía con él.

-Entonces no vendrá a nuestra boda -decía ella-, y yo tengo derecho a conocer a todos tus amigos.

-No quiero molestarlo -contestaba Georg-, entiéndeme, probablemente vendría, al menos así lo creo, pero se sentiría obligado y perjudicado, quizá me envidiaría y seguramente, apesadumbrado e incapaz de prescindir de esa pesadumbre, regresaría solo, solo ¿sabes lo que es eso?

-Bueno, ¿no puede enterarse de nuestra boda por otro camino?

-Sin duda no puedo evitarlo, pero es improbable dada su forma de vida.

-Si tienes esa clase de amigos, Georg, nunca debiste comprometerte.

-Sí, es culpa de ambos, pero incluso ahora no desearía que fuese de otra forma.

Y si ella, respirando precipitadamente entre sus besos, alegaba todavía:

-La verdad es que sí que me molesta.

Entonces era realmente cuando él consideraba inofensivo contarle todo al amigo.

-Así soy y así tiene que aceptarme -se decía-. No pienso convertirme en un hombre a su medida, hombre que quizá fuese más apropiado a su amistad de lo que yo lo soy.

Y, efectivamente, en la larga carta que había escrito este domingo por la mañana, informaba a su amigo del compromiso que se había celebrado, con las siguientes palabras: Me he reservado la novedad más importante para el final. Me he prometido con la señorita Frieda Brandenfeld, una muchacha perteneciente a una familia acomodada que se estableció aquí mucho tiempo después de tu partida y a la que tú apenas conocerás. Ya habrá oportunidad de contarte más detalles acerca de mi prometida, baste hoy con decirte que soy muy feliz y que en nuestra mutua relación sólo ha cambiado el hecho de que tú, en lugar de tener en mí un amigo corriente, tendrás un amigo feliz. Además tendrás en mi prometida, que te manda saludos cordiales y que te escribirá próximamente, una amiga leal, lo que no deja de tener importancia para un soltero. Sé que muchas cosas te impiden hacernos una visita, pero ¿acaso no sería precisamente mi boda la mejor oportunidad de echar por la borda, al menos por una vez, todos los obstáculos? Pero, sea como sea, actúa sin tener en cuenta todo lo demás y según tu buen criterio.

Georg había permanecido mucho tiempo sentado en su escritorio con la carta en la mano y el rostro vuelto hacia la ventana. Con una sonrisa ausente había apenas contestado a un conocido que, desde la calle, lo había saludado al pasar. Finalmente, se metió la carta en el bolsillo y, a través de un corto pasillo, se dirigió desde su habitación a la de su padre, en la que no había estado desde hacía meses. No existía, por lo demás, necesidad de ello, porque constantemente tenía contacto con él en el negocio; comían juntos en una casa de comidas, por la noche cada uno se tomaba lo que le apetecía pero después la mayoría de las veces se sentaban un ratito, cada uno con su periódico, en el cuarto de estar común, a no ser que Georg, como ocurría con mucha frecuencia, estuviese en compañía de amigos o, como ahora, fuese a ver a su novia.

Georg se extrañó de lo oscura que estaba la habitación del padre incluso en esta mañana soleada, tal era la sombra que proyectaba la alta pared que se elevaba al otro lado del estrecho patio. El padre estaba sentado ante la ventana, en un rincón adornado con recuerdos de la difunta madre, y leía el periódico, que sostenía de lado ante los ojos, con lo cual intentaba contrarrestar una cierta falta de visión. Sobre la mesa estaban aún los restos del desayuno, del que no parecía haber comido mucho.

-¡Ah Georg! -exclamó el padre, e inmediatamente se dirigió hacia él. Su pesada bata se abría al andar y los bajos revoloteaban a su alrededor.

Mi padre sigue siendo un gigante, se dijo Georg.

-Esto está insoportablemente oscuro -dijo a continuación.

-Sí, sí que está oscuro -contestó el padre.

-¿También has cerrado la ventana?

-Lo prefiero así.-Afuera hace bastante calor -dijo Georg como complemento a lo anterior, y se sentó.

El padre retiró la vajilla del desayuno y la colocó sobre una cómoda.

-La verdad es que sólo quería decirte -continuó Georg, que seguía los movimientos del anciano totalmente aturdido- que, por fin, he informado a San Petersburgo de mi compromiso.

Sacó un poco la carta del bolsillo y la dejó caer dentro de nuevo.

-¿Cómo que a San Petersburgo? -preguntó el padre.

-Sí, a mi amigo -dijo Georg, y buscó los ojos del padre.

En el negocio es completamente distinto, pensó. ¡Cuánto sitio ocupa ahí sentado y cómo se cruza de brazos!

-Sí, claro, a tu amigo -dijo el padre recalcándolo.

-Ya sabes, padre, que en un principio quería silenciar mi compromiso. Por consideración, por ningún otro motivo. Tú ya sabes que es una persona difícil. Puede enterarse de mi compromiso por otros cauces, me dije, y si bien esto apenas es probable dada su solitaria forma de vida, yo no puedo evitarlo, pero por mí mismo no debe enterarse.

-¿Y ahora has cambiado de opinión? -preguntó el padre.

Puso el periódico en el antepecho de la ventana y sobre el periódico las gafas que tapaba con las manos.

-Sí, ahora he cambiado de opinión. Si verdaderamente se trata de un buen amigo, me he dicho, entonces mi feliz compromiso es también para él motivo de alegría y por eso no he dudado más en comunicárselo. Sin embargo, antes de echar la carta quería decírtelo.

-Georg -dijo el padre, y estiró la boca sin dientes-, escucha por una vez. Has venido a mí por este asunto, para discutirlo conmigo. Esto te honra sin duda alguna, pero no sirve para nada, y menos aún que para nada, si no me dices ahora mismo toda la verdad. No quiero traer a colación cosas que nada tienen que ver con esto. Desde la muerte de nuestra querida madre han ocurrido ciertas cosas desagradables. Quizá también les llegue su turno, y quizá antes de lo que pensamos. En el negocio se me escapan algunas cosas, quizá no se me oculten, ahora no quiero en modo alguno alimentar la sospecha de que se me ocultan, ya no estoy lo suficientemente fuerte, me falla la memoria, ya no puedo abarcar tantas cosas. En primer lugar esto es ley de vida y, en segundo lugar, la muerte de tu madre me ha afligido mucho más que a ti. Pero ya que estamos tratando de este asunto de la carta, te pido, Georg, que no me engañes. Es una pequeñez, no merece la pena, así pues, no me engañes. ¿Tienes de verdad ese amigo en San Petersburgo?

Georg se levantó desconcertado.

-Dejemos en paz a mis amigos. Mil amigos no sustituyen a mi padre. ¿Sabes lo que creo?, que no te cuidas lo suficiente, pero los años exigen sus derechos. En el negocio eres indispensable para mí, bien lo sabes tú, pero si el negocio amenaza tu salud mañana mismo lo cierro para siempre. Esto no puede seguir así. Tenemos que adoptar otro modo de vida para ti, pero desde el principio. Estás sentado aquí en la oscuridad y en el cuarto de estar tendrías buena luz. Tomas un par de bocados del desayuno en lugar de comer como es debido. Estás sentado con las ventanas cerradas y el aire fresco te sentaría bien. ¡No, padre mío! Iré a buscar al médico y seguiremos sus prescripciones Cambiaremos las habitaciones. Tú te trasladarás a la habitación de delante y yo a ésta. No supondrá una alteración para ti, todo se llevará allí Ya habrá tiempo de ello, ahora te acuesto en la cama un poquito, necesitas tranquilidad a toda costa. Vamos, te ayudaré a desnudarte, ya verás cómo sé hacerlo. ¿O prefieres trasladarte inmediatamente a la habitación de delante y allí te acuestas provisionalmente en mi cama? La verdad es que esto sería lo más sensato.

Georg estaba de pie justo al lado de su padre, que había dejado caer sobre el pecho su cabeza de blancos y despeinados cabellos.

-Georg -dijo el padre en voz baja y sin moverse.

Georg se arrodilló inmediatamente junto al padre, vio las enormes pupilas en su cansado rostro dirigidas hacia él desde las comisuras de los ojos.

-No tienes ningún amigo en San Petersburgo. Tú has sido siempre un bromista y tampoco has hecho una excepción conmigo. ¡Cómo ibas a tener un amigo precisamente allí! No puedo creerlo de ninguna manera.

-Padre, haz memoria una vez más -dijo Georg, levantó al padre del sillón y le quitó la bata, estaba allí tan débil-, pronto hará ya tres años que mi amigo estuvo en casa de visita. Recuerdo todavía que no te hacía demasiada gracia. Al menos dos veces te oculté su presencia, a pesar de que en esos momentos se hallaba precisamente en mi habitación. Yo podía comprender bien tu animadversión hacia él, mi amigo tiene sus manías, pero después conversaste agradablemente con él. En aquellos momentos me sentía tan orgulloso de que lo escuchases, asintieses y preguntases... Si haces memoria tienes que acordarte. Él contó entonces historias increíbles de la revolución rusa. Cómo, por ejemplo, en un viaje de negocios a Kiev, había visto en un balcón a un sacerdote que se había cortado una ancha cruz de sangre en la palma de la mano, la levantó e invocó con ella a la multitud. Tú mismo has contado de vez en cuando esta historia.

Mientras tanto Georg había conseguido sentar al padre y quitarle cuidadosamente el pantalón de punto que llevaba encima de los calzoncillos de lino, así como los calcetines. Al ver la ropa, que no estaba precisamente limpia, se hizo reproches por haber descuidado al padre. Seguro que también formaba parte de sus obligaciones el cuidar de que el padre se cambiase de ropa. Todavía no había hablado expresamente con su prometida de cómo iban a organizar el futuro del padre, porque tácitamente habían supuesto que él se quedaría solo en el piso viejo. Sin embargo, ahora se decidió, de repente y con toda firmeza, a llevárselo a su futuro hogar. Bien mirado, casi daba la impresión de que el cuidado que el padre iba a recibir allí podría llegar demasiado tarde.

Llevó al padre en brazos a la cama. Una terrible sensación se apoderó de él cuando, a lo largo de los pocos pasos hasta ella, notó que su padre jugueteaba con la cadena del reloj sobre su pecho. Se agarraba con tal fuerza a la cadena del mismo, que no pudo acostarlo inmediatamente. Apenas se encontró en la cama, todo pareció volver de nuevo a la normalidad. Se tapó solo y se cubrió muy bien los hombros con el cobertor. No miraba a Georg precisamente con hostilidad.

-¿Verdad que ya te acuerdas de él? -preguntó Georg, y asintió con la cabeza haciendo un gesto alentador.

-¿Estoy bien tapado? -preguntó el padre como si no pudiese asegurarse él mismo de que sus pies se encontraban tapados.

-Así es que te gusta estar en la cama -dijo Georg, y colocó mejor el cobertor a su alrededor.

-¿Estoy bien tapado? -preguntó el padre de nuevo, y pareció prestar especial atención a la respuesta.

-Estate tranquilo, estás bien tapado.

-¡No! -gritó el padre de tal forma que la respuesta chocó contra la pregunta, echó hacia atrás el cobertor con una fuerza tal que por un momento quedó extendido en el aire, y se puso de pie sobre la cama. Sólo con una mano se apoyaba ligeramente en el techo.

-Querías taparme, lo sé, retoño mío, pero todavía no estoy tapado, y aunque sea la última fuerza es suficiente para ti, demasiada para ti. ¡Claro que conozco a tu amigo! Sería el hijo que desea mi corazón, por eso también lo has engañado durante todos estos años. ¿Por qué si no? ¿Acaso crees que no he llorado por él? Precisamente por eso te encierras en tu oficina: el jefe está ocupado, no se le puede molestar. Sólo para poder escribir tus falsas cartitas a Rusia. Pero, afortunadamente, nadie tiene que dar lecciones al padre sobre cómo adivinar las intenciones del hijo. De la misma manera que ahora has creído haberlo subyugado, subyugado de tal forma que podrías sentarte con tu trasero sobre él y él no se movería, en ese momento mi señor hijo ha decidido casarse.

Georg levantó la mirada hacia el espectro de su padre. El amigo de San Petersburgo, a quien de repente el padre conocía tan bien, se apoderaba de él como nunca hasta ahora. Lo vio perdido en la lejana Rusia. Lo vio en la puerta del negocio vacío y desvalijado, entre las ruinas de las estanterías, entre los géneros hechos jirones, entre los tubos de gas que estaban caídos... y él permanecía todavía erguido. ¿Por qué había tenido que irse tan lejos?

-¡Pero mírame -gritó el padre-. Georg corrió, casi distraído, hacia la cama, con la intención de comprenderlo todo, pero se quedó parado a mitad de camino.

-Porque ella se ha levantado las faldas -comenzó a hablar el padre-, porque se ha levantado así las faldas de cerda asquerosa - y para expresarlo plásticamente se levantó el camisón tan alto que se veía sobre el muslo la cicatriz de sus años de guerra-, porque se ha levantado así, y así las faldas, te has acercado a ella y, para poder gozar con ella sin que nadie molestase, has profanado la memoria de nuestra madre, has traicionado al amigo y has metido en la cama a tu padre para que no se pueda mover, pero ¿puede moverse o no?

Permanecía en pie sin apoyo alguno y lanzaba las piernas en todas las direcciones. Sonreía con entusiasmo al comprenderlo todo.

Georg estaba de pie en un rincón lo más lejos posible del padre. Desde hacía un rato había decidido firmemente observarlo todo con exactitud, para no ser indirectamente sorprendido de alguna forma por detrás o desde arriba. Entonces se acordó de nuevo de la decisión, ya hacía rato olvidada, y volvió a olvidarla tan deprisa como se pasa un hilo corto a través del ojo de una aguja.

-No obstante el amigo no ha sido todavía traicionado -gritó el padre, y lo corroboraba su índice movido de acá para allá- yo era su representante en este lugar.

Georg no pudo evitar gritar:

-¡Comediante!

Reconoció inmediatamente el daño y, demasiado tarde, los ojos fijos, se mordió la lengua hasta doblarse de dolor.

-¡Sí, por supuesto que he representado una comedia! ¡Comedia! ¡Buena palabra! ¿Qué otro consuelo le quedaba al anciano padre viudo? Dime, y durante el momento que dure la respuesta sé todavía mi hijo vivo. ¿Qué otra salida me quedaba en mi habitación interior, perseguido por un personal infiel, viejo hasta los huesos? Y mi hijo iba con júbilo por la vida, ultimaba negocios que yo había preparado, se retorcía de la risa y pasaba ante su padre con el reservado rostro de un hombre de honor. ¿Crees tú que yo no te hubiese querido, yo, de quien saliste tú?

Ahora se inclinará hacia delante, pensó Georg, ¡si se cayese y se estrellase! Esta palabra le pasó por la cabeza como una centella.

El padre se echó hacia delante, pero no se cayó. Puesto que Georg no se acercaba como había esperado, se irguió de nuevo.

-¡Quédate donde estás, no te necesito! Piensas que tienes todavía la fuerza suficiente para venir aquí, y solamente te contienes porque así lo deseas, ¡No te equivoques! Todavía soy el más fuerte, ¡Yo solo habría tenido quizá que retirarme, pero tu madre me ha dado su fuerza, con tu amigo me alié maravillosamente y a tu clientela la tengo aquí en el bolsillo!

-¡Incluso en el camisón tiene bolsillos! -se dijo Georg, y creyó que con esta observación podría hacerle quedar en ridículo ante todo el mundo. Pensó en esto sólo durante un momento, porque inmediatamente volvía a olvidarlo todo.

-¡Cuélgate del brazo de tu novia y ven hacia mí! ¡La barro de tu lado y no sabes cómo!

Georg hacía muecas como si no pudiese creerlo. El padre sólo asentía con la cabeza, ratificando la verdad de lo que decía y dirigiéndose al rincón en que se encontraba Georg.

-¡Cómo me has divertido hoy cuando has venido y me has preguntado si debías contarle a tu amigo lo del compromiso! ¡Si lo sabe todo, estúpido, lo sabe todo! Yo le escribía porque olvidaste quitarme las cosas para escribir. Por eso ya no viene desde hace años, lo sabe todo cien veces mejor que tú mismo, tus cartas las arruga con la mano izquierda sin haberlas leído, mientras que con la derecha se pone delante mis cartas para leerlas.

De puro entusiasmo agitaba el brazo por encima de la cabeza.

-¡Lo sabe todo mil veces mejor! -gritó.

-Diez mil veces -dijo Georg con la intención de burlarse de su padre, pero todavía en su boca estas palabras adquirieron un tono profundamente serio.

-¡Desde hace años estoy a la espera de que me vengas con esa pregunta! ¿Crees que me preocupa alguna otra cosa? ¿Crees que leo periódicos? ¡Mira! -Y tiró a Georg un periódico que, de alguna forma, había ido a parar a su cama. Un periódico viejo con un nombre que a Georg le era completamente desconocido.

-¡Cuánto tiempo has tardado en llegar a la madurez! Tuvo que morir tu madre, no llegó a ver el día de júbilo. El amigo perece en su Rusia, ya hace tres años estaba amarillo de muerte, y yo, ya ves cómo me va a mí, para eso tienes ojos.

-Entonces me has espiado -gritó Georg.

El padre, en tono compasivo e incidental, dijo:

-Probablemente eso querías haberlo dicho antes, ahora ya no viene a cuento -y en voz más alta-: Ahora ya sabes lo que había además de ti, hasta ahora no sabías más que de ti mismo. Lo cierto es que fuiste un niño inocente, pero aún más ciertamente fuiste un hombre diabólico. Por eso has de saber que yo te condeno a morir ahogado.

Georg se sintió como expulsado de la habitación, el golpe con el que el padre a su espalda había caído sobre la cama resonaba todavía en sus oídos. En la escalera, por cuyos escalones bajaba tan de prisa como si se tratase de una rampa inclinada, sorprendió a la criada que estaba a punto de subir para arreglar el piso.

-¡Jesús! -gritó, y se tapó la cara con el delantal, pero él ya se había ido.

Salió del portal de un salto, el agua lo atraía por encima de la calzada. Ya se asía firmemente a la baranda como un hambriento a la comida. Saltó por encima como el excelente atleta que, para orgullo de sus padres, había sido en sus años juveniles. Todavía seguía sujeto con las manos, débilmente. cuando divisó entre las barras de la baranda un ómnibus que cubriría con facilidad el ruido de su caída. Exclamó en voz baja: Queridos padres, a pesar de todo siempre los he querido, y se dejó caer.

En ese momento atravesaba el puente un tráfico verdaderamente interminable.

La metamorfosis

I

Cuando Gregorio Samsa se despertó una mañana después de un sueño intranquilo, se encontró sobre su cama convertido en un monstruoso insecto. Estaba tumbado sobre su espalda dura, y en forma de caparazón y, al levantar un poco la cabeza veía un vientre abombado, parduzco, dividido por partes duras en forma de arco, sobre cuya protuberancia apenas podía mantenerse el cobertor, a punto ya de resbalar al suelo. Sus muchas patas, ridículamente pequeñas en comparación con el resto de su tamaño, le vibraban desamparadas ante los ojos.

«¿Qué me ha ocurrido?», pensó.

No era un sueño. Su habitación, una auténtica habitación humana, si bien algo pequeña, permanecía tranquila entre las cuatro paredes harto conocidas. Por encima de la mesa, sobre la que se encontraba extendido un muestrario de paños desempaquetados -Samsa era viajante de comercio-, estaba colgado aquel cuadro que hacía poco había recortado de una revista y había colocado en un bonito marco dorado. Representaba a una dama ataviada con un sombrero y una boa de piel, que estaba allí, sentada muy erguida y levantaba hacia el observador un pesado manguito de piel, en el cual había desaparecido su antebrazo.

La mirada de Gregorio se dirigió después hacia la ventana, y el tiempo lluvioso -se oían caer gotas de lluvia sobre la chapa del alféizar de la ventana- lo ponía muy melancólico.

«¿Qué pasaría -pensó- si durmiese un poco más y olvidase todas las chifladuras?»

Pero esto era algo absolutamente imposible, porque estaba acostumbrado a dormir del lado derecho, pero en su estado actual no podía ponerse de ese lado. Aunque se lanzase con mucha fuerza hacia el lado derecho, una y otra vez se volvía a balancear sobre la espalda. Lo intentó cien veces, cerraba los ojos para no tener que ver las patas que pataleaban, y sólo cejaba en su empeño cuando comenzaba a notar en el costado un dolor leve y sordo que antes nunca había sentido.

«¡Dios mío! -pensó-. ¡Qué profesión tan dura he elegido! Un día sí y otro también de viaje. Los esfuerzos profesionales son mucho mayores que en el mismo almacén de la ciudad, y además se me ha endosado este ajetreo de viajar, el estar al tanto de los empalmes de tren, la comida mala y a deshora, una relación humana constantemente cambiante, nunca duradera, que jamás llega a ser cordial. ¡Que se vaya todo al diablo!»

Sintió sobre el vientre un leve picor, con la espalda se deslizó lentamente más cerca de la cabecera de la cama para poder levantar mejor la cabeza; se encontró con que la parte que le picaba estaba totalmente cubierta por unos pequeños puntos blancos, que no sabía a qué se debían, y quiso palpar esa parte con una pata, pero inmediatamente la retiró, porque el roce le producía escalofríos.

Se deslizó de nuevo a su posición inicial.

«Esto de levantarse pronto -pensó- hace a uno desvariar. El hombre tiene que dormir. Otros viajantes viven como pachás. Si yo, por ejemplo, a lo largo de la mañana vuelvo a la pensión para pasar a limpio los pedidos que he conseguido, estos señores todavía están sentados tomando el desayuno. Eso podría intentar yo con mi jefe, pero en ese momento iría a parar a la calle. Quién sabe, por lo demás, si no sería lo mejor para mí. Si no tuviera que dominarme por mis padres, ya me habría despedido hace tiempo, me habría presentado ante el jefe y le habría dicho mi opinión con toda mi alma. ¡Se habría caído de la mesa! Sí que es una extraña costumbre la de sentarse sobre la mesa y, desde esa altura, hablar hacia abajo con el empleado que, además, por culpa de la sordera del jefe, tiene que acercarse mucho. Bueno, la esperanza todavía no está perdida del todo; si alguna vez tengo el dinero suficiente para pagar las deudas que mis padres tienen con él -puedo tardar todavía entre cinco y seis años- lo hago con toda seguridad. Entonces habrá llegado el gran momento; ahora, por lo pronto, tengo que levantarme porque el tren sale a las cinco», y miró hacia el despertador que hacía tic tac sobre el armario.

«¡Dios del cielo!», pensó.

Eran las seis y media y las manecillas seguían tranquilamente hacia delante, ya había pasado incluso la media, eran ya casi las menos cuarto. «¿Es que no habría sonado el despertador?» Desde la cama se veía que estaba correctamente puesto a las cuatro, seguro que también había sonado. Sí, pero... ¿era posible seguir durmiendo tan tranquilo con ese ruido que hacía temblar los muebles? Bueno, tampoco había dormido tranquilo, pero quizá tanto más profundamente.

¿Qué iba a hacer ahora? El siguiente tren salía a las siete, para cogerlo tendría que haberse dado una prisa loca, el muestrario todavía no estaba empaquetado, y él mismo no se encontraba especialmente espabilado y ágil; e incluso si consiguiese coger el tren, no se podía evitar una reprimenda del jefe, porque el mozo de los recados habría esperado en el tren de las cinco y ya hacía tiempo que habría dado parte de su descuido. Era un esclavo del jefe, sin agallas ni juicio. ¿Qué pasaría si dijese que estaba enfermo? Pero esto sería sumamente desagradable y sospechoso, porque Gregorio no había estado enfermo ni una sola vez durante los cinco años de servicio. Seguramente aparecería el jefe con el médico del seguro, haría reproches a sus padres por tener un hijo tan vago y se salvaría de todas las objeciones remitiéndose al médico del seguro, para el que sólo existen hombres totalmente sanos, pero con aversión al trabajo. ¿Y es que en este caso no tendría un poco de razón? Gregorio, a excepción de una modorra realmente superflua después del largo sueño, se encontraba bastante bien e incluso tenía mucha hambre.

Mientras reflexionaba sobre todo esto con gran rapidez, sin poderse decidir a abandonar la cama -en este mismo instante el despertador daba las siete menos cuarto-, llamaron cautelosamente a la puerta que estaba a la cabecera de su cama.

-Gregorio -dijeron (era la madre)-, son las siete menos cuarto. ¿No ibas a salir de viaje?

¡Qué dulce voz! Gregorio se asustó, en cambio, al contestar. Escuchó una voz que, evidentemente, era la suya, pero en la cual, como desde lo más profundo, se mezclaba un doloroso e incontenible piar, que en el primer momento dejaba salir las palabras con claridad para, al prolongarse el sonido, destrozarlas de tal forma que no se sabía si se había oído bien. Gregorio querría haber contestado detalladamente y explicarlo todo, pero en estas circunstancias se limitó a decir:

-Sí, sí, gracias madre, ya me levanto.

Probablemente a causa de la puerta de madera no se notaba desde fuera el cambio en la voz de Gregorio, porque la madre se tranquilizó con esta respuesta y se marchó de allí. Pero merced a la breve conversación, los otros miembros de la familia se habían dado cuenta de que Gregorio, en contra de todo lo esperado, estaba todavía en casa, y ya el padre llamaba suavemente, pero con el puño, a una de las puertas laterales.

-¡Gregorio, Gregorio! -gritó-. ¿Qué ocurre? -tras unos instantes insistió de nuevo con voz más grave-. ¡Gregorio, Gregorio!

Desde la otra puerta lateral se lamentaba en voz baja la hermana.

-Gregorio, ¿no te encuentras bien?, ¿necesitas algo?

Gregorio contestó hacia ambos lados:

-Ya estoy preparado -y con una pronunciación lo más cuidadosa posible, y haciendo largas pausas entre las palabras, se esforzó por despojar a su voz de todo lo que pudiese llamar la atención. El padre volvió a su desayuno, pero la hermana susurró:

-Gregorio, abre, te lo suplico -pero Gregorio no tenía ni la menor intención de abrir, más bien elogió la precaución de cerrar las puertas que había adquirido durante sus viajes, y esto incluso en casa.

Al principio tenía la intención de levantarse tranquilamente y, sin ser molestado, vestirse y, sobre todo, desayunar, y después pensar en todo lo demás, porque en la cama, eso ya lo veía, no llegaría con sus cavilaciones a una conclusión sensata. Recordó que ya en varias ocasiones había sentido en la cama algún leve dolor, quizá producido por estar mal tumbado, dolor que al levantarse había resultado ser sólo fruto de su imaginación, y tenía curiosidad por ver cómo se iban desvaneciendo paulatinamente sus fantasías de hoy. No dudaba en absoluto de que el cambio de voz no era otra cosa que el síntoma de un buen resfriado, la enfermedad profesional de los viajantes.

Tirar el cobertor era muy sencillo, sólo necesitaba inflarse un poco y caería por sí solo, pero el resto sería difícil, especialmente porque él era muy ancho. Hubiera necesitado brazos y manos para incorporarse, pero en su lugar tenía muchas patitas que, sin interrupción, se hallaban en el más dispar de los movimientos y que, además, no podía dominar. Si quería doblar alguna de ellas, entonces era la primera la que se estiraba, y si por fin lograba realizar con esta pata lo que quería, entonces todas las demás se movían, como liberadas, con una agitación grande y dolorosa.

«No hay que permanecer en la cama inútilmente», se decía Gregorio.

Quería salir de la cama en primer lugar con la parte inferior de su cuerpo, pero esta parte inferior que, por cierto, no había visto todavía y que no podía imaginar exactamente, demostró ser difícil de mover; el movimiento se producía muy despacio, y cuando, finalmente, casi furioso, se lanzó hacia delante con toda su fuerza sin pensar en las consecuencias, había calculado mal la dirección, se golpeó fuertemente con la pata trasera de la cama y el dolor punzante que sintió le enseñó que precisamente la parte inferior de su cuerpo era quizá en estos momentos la más sensible.

Así pues, intentó en primer lugar sacar de la cama la parte superior del cuerpo y volvió la cabeza con cuidado hacia el borde de la cama. Lo logró con facilidad y, a pesar de su anchura y su peso, el cuerpo siguió finalmente con lentitud el giro de la cabeza. Pero cuando, por fin, tenía la cabeza colgando en el aire fuera de la cama, le entró miedo de continuar avanzando de este modo porque, si se dejaba caer en esta posición, tenía que ocurrir realmente un milagro para que la cabeza no resultase herida, y precisamente ahora no podía de ningún modo perder la cabeza, antes prefería quedarse en la cama.

Pero como, jadeando después de semejante esfuerzo, seguía allí tumbado igual que antes, y veía sus patitas de nuevo luchando entre sí, quizá con más fuerza aún, y no encontraba posibilidad de poner sosiego y orden a este atropello, se decía otra vez que de ningún modo podía permanecer en la cama y que lo más sensato era sacrificarlo todo, si es que con ello existía la más mínima esperanza de liberarse de ella. Pero al mismo tiempo no olvidaba recordar de vez en cuando que reflexionar serena, muy serenamente, es mejor que tomar decisiones desesperadas. En tales momentos dirigía sus ojos lo más agudamente posible hacia la ventana, pero, por desgracia, poco optimismo y ánimo se podían sacar del espectáculo de la niebla matinal, que ocultaba incluso el otro lado de la estrecha calle.

«Las siete ya -se dijo cuando sonó de nuevo el despertador-, las siete ya y todavía semejante niebla», y durante un instante permaneció tumbado, tranquilo, respirando débilmente, como si esperase del absoluto silencio el regreso del estado real y cotidiano. Pero después se dijo:

«Antes de que den las siete y cuarto tengo que haber salido de la cama del todo, como sea. Por lo demás, para entonces habrá venido alguien del almacén a preguntar por mí, porque el almacén se abre antes de las siete.» Y entonces, de forma totalmente regular, comenzó a balancear su cuerpo, cuan largo era, hacia fuera de la cama. Si se dejaba caer de ella de esta forma, la cabeza, que pretendía levantar con fuerza en la caída, permanecería probablemente ilesa. La espalda parecía ser fuerte, seguramente no le pasaría nada al caer sobre la alfombra. Lo más difícil, a su modo de ver, era tener cuidado con el ruido que se produciría, y que posiblemente provocaría al otro lado de todas las puertas, si no temor, al menos preocupación. Pero había que intentarlo.

Cuando Gregorio ya sobresalía a medias de la cama -el nuevo método era más un juego que un esfuerzo, sólo tenía que balancearse a empujones- se le ocurrió lo fácil que sería si alguien viniese en su ayuda. Dos personas fuertes -pensaba en su padre y en la criada- hubiesen sido más que suficientes; sólo tendrían que introducir sus brazos por debajo de su abombada espalda, descascararle así de la cama, agacharse con el peso, y después solamente tendrían que haber soportado que diese con cuidado una vuelta impetuosa en el suelo, sobre el cual, seguramente, las patitas adquirirían su razón de ser. Bueno, aparte de que las puertas estaban cerradas, ¿debía de verdad pedir ayuda? A pesar de la necesidad, no pudo reprimir una sonrisa al concebir tales pensamientos.

Ya había llegado el punto en el que, al balancearse con más fuerza, apenas podía guardar el equilibrio y pronto tendría que decidirse definitivamente, porque dentro de cinco minutos serían las siete y cuarto. En ese momento sonó el timbre de la puerta de la calle.

«Seguro que es alguien del almacén», se dijo, y casi se quedó petrificado mientras sus patitas bailaban aún más deprisa. Durante un momento todo permaneció en silencio.

«No abren», se dijo Gregorio, confundido por alguna absurda esperanza.

Pero entonces, como siempre, la criada se dirigió, con naturalidad y con paso firme, hacia la puerta y abrió. Gregorio sólo necesitó escuchar el primer saludo del visitante y ya sabía quién era, el apoderado en persona. ¿Por qué había sido condenado Gregorio a prestar sus servicios en una empresa en la que al más mínimo descuido se concebía inmediatamente la mayor sospecha? ¿Es que todos los empleados, sin excepción, eran unos bribones? ¿Es que no había entre ellos un hombre leal y adicto a quien, simplemente porque no hubiese aprovechado para el almacén un par de horas de la mañana, se lo comiesen los remordimientos y francamente no estuviese en condiciones de abandonar la cama? ¿Es que no era de verdad suficiente mandar a preguntar a un aprendiz si es que este «pregunteo» era necesario? ¿Tenía que venir el apoderado en persona y había con ello que mostrar a toda una familia inocente que la investigación de este sospechoso asunto solamente podía ser confiada al juicio del apoderado? Y, más como consecuencia de la irritación a la que le condujeron estos pensamientos que como consecuencia de una auténtica decisión, se lanzó de la cama con toda su fuerza. Se produjo un golpe fuerte, pero no fue un auténtico ruido. La caída fue amortiguada un poco por la alfombra y además la espalda era más elástica de lo que Gregorio había pensado; a ello se debió el sonido sordo y poco aparatoso. Solamente no había mantenido la cabeza con el cuidado necesario y se la había golpeado, la giró y la restregó contra la alfombra de rabia y dolor.

-Ahí dentro se ha caído algo- dijo el apoderado en la habitación contigua de la izquierda.

Gregorio intentó imaginarse si quizá alguna vez no pudiese ocurrirle al apoderado algo parecido a lo que le ocurría hoy a él; había al menos que admitir la posibilidad. Pero, como cruda respuesta a esta pregunta, el apoderado dio ahora un par de pasos firmes en la habitación contigua e hizo crujir sus botas de charol. Desde la habitación de la derecha, la hermana, para advertir a Gregorio, susurró:

-Gregorio, el apoderado está aquí.

«Ya lo sé», se dijo Gregorio para sus adentros, pero no se atrevió a alzar la voz tan alto que la hermana pudiera haberlo oído.

-Gregorio -dijo entonces el padre desde la habitación de la derecha-, el señor apoderado ha venido y desea saber por qué no has salido de viaje en el primer tren. No sabemos qué debemos decirle, además desea también hablar personalmente contigo, así es que, por favor, abre la puerta. El señor ya tendrá la bondad de perdonar el desorden en la habitación.

-Buenos días, señor Samsa -interrumpió el apoderado amablemente.

-No se encuentra bien -dijo la madre al apoderado mientras el padre hablaba ante la puerta-, no se encuentra bien, créame usted, señor apoderado. ¡Cómo si no iba Gregorio a perder un tren! El chico no tiene en la cabeza nada más que el negocio. A mí casi me disgusta que nunca salga por la tarde; ahora ha estado ocho días en la ciudad, pero pasó todas las tardes en casa. Allí está, sentado con nosotros a la mesa y lee tranquilamente el periódico o estudia horarios de trenes. Para él es ya una distracción hacer trabajos de marquetería. Por ejemplo, en dos o tres tardes ha tallado un pequeño marco, se asombrará usted de lo bonito que es, está colgado ahí dentro, en la habitación; en cuanto abra Gregorio lo verá usted enseguida. Por cierto, que me alegro de que esté usted aquí, señor apoderado, nosotros solos no habríamos conseguido que Gregorio abriese la puerta; es muy testarudo y seguro que no se encuentra bien a pesar de que lo ha negado esta mañana.

-Voy enseguida -dijo Gregorio, lentamente y con precaución, y no se movió para no perderse una palabra de la conversación.

-De otro modo, señora, tampoco puedo explicármelo yo -dijo el apoderado-. Espero que no se trate de nada serio, si bien tengo que decir, por otra parte, que nosotros, los comerciantes, por suerte o por desgracia, según se mire, tenemos sencillamente que sobreponernos a una ligera indisposición por consideración a los negocios.

-Vamos, ¿puede pasar el apoderado a tu habitación? -preguntó impaciente el padre.

-No- dijo Gregorio.

En la habitación de la izquierda se hizo un penoso silencio, en la habitación de la derecha comenzó a sollozar la hermana.

¿Por qué no se iba la hermana con los otros? Seguramente acababa de levantarse de la cama y todavía no había empezado a vestirse; y ¿por qué lloraba? ¿Porque él no se levantaba y dejaba entrar al apoderado?, ¿porque estaba en peligro de perder el trabajo y entonces el jefe perseguiría otra vez a sus padres con las viejas deudas? Éstas eran, de momento, preocupaciones innecesarias. Gregorio todavía estaba aquí y no pensaba de ningún modo abandonar a su familia. De momento yacía en la alfombra y nadie que hubiese tenido conocimiento de su estado hubiese exigido seriamente de él que dejase entrar al apoderado. Pero por esta pequeña descortesía, para la que más tarde se encontraría con facilidad una disculpa apropiada, no podía Gregorio ser despedido inmediatamente. Y a Gregorio le parecía que sería mucho más sensato dejarle tranquilo en lugar de molestarle con lloros e intentos de persuasión. Pero la verdad es que era la incertidumbre la que apuraba a los otros hacia perdonar su comportamiento.

-Señor Samsa -exclamó entonces el apoderado levantando la voz-. ¿Qué ocurre? Se atrinchera usted en su habitación, contesta solamente con sí o no, preocupa usted grave e inútilmente a sus padres y, dicho sea de paso, falta usted a sus deberes de una forma verdaderamente inaudita. Hablo aquí en nombre de sus padres y de su jefe, y le exijo seriamente una explicación clara e inmediata. Estoy asombrado, estoy asombrado. Yo le tenía a usted por un hombre formal y sensato, y ahora, de repente, parece que quiere usted empezar a hacer alarde de extravagancias extrañas. El jefe me insinuó esta mañana una posible explicación a su demora, se refería al cobro que se le ha confiado desde hace poco tiempo. Yo realmente di casi mi palabra de honor de que esta explicación no podía ser cierta. Pero en este momento veo su incomprensible obstinación y pierdo todo el deseo de dar la cara en lo más mínimo por usted, y su posición no es, en absoluto, la más segura. En principio tenía la intención de decirle todo esto a solas, pero ya que me hace usted perder mi tiempo inútilmente no veo la razón de que no se enteren también sus señores padres. Su rendimiento en los últimos tiempos ha sido muy poco satisfactorio, cierto que no es la época del año apropiada para hacer grandes negocios, eso lo reconocemos, pero una época del año para no hacer negocios no existe, señor Samsa, no debe existir.

-Pero señor apoderado -gritó Gregorio, fuera de sí, y en su irritación olvidó todo lo demás-, abro inmediatamente la puerta. Una ligera indisposición, un mareo, me han impedido levantarme. Todavía estoy en la cama, pero ahora ya estoy otra vez despejado. Ahora mismo me levanto de la cama. ¡Sólo un momentito de paciencia! Todavía no me encuentro tan bien como creía, pero ya estoy mejor. ¡Cómo puede atacar a una persona una cosa así! Ayer por la tarde me encontraba bastante bien, mis padres bien lo saben o, mejor dicho, ya ayer por la tarde tuve una pequeña corazonada, tendría que habérseme notado. ¡Por qué no lo avisé en el almacén! Pero lo cierto es que siempre se piensa que se superará la enfermedad sin tener que quedarse. ¡Señor apoderado, tenga consideración con mis padres! No hay motivo alguno para todos los reproches que me hace usted; nunca se me dijo una palabra de todo eso; quizá no haya leído los últimos pedidos que he enviado. Por cierto, en el tren de las ocho salgo de viaje, las pocas horas de sosiego me han dado fuerza. No se entretenga usted señor apoderado; yo mismo estaré enseguida en el almacén, tenga usted la bondad de decirlo y de saludar de mi parte al jefe.

Y mientras Gregorio farfullaba atropelladamente todo esto, y apenas sabía lo que decía, se había acercado un poco al armario, seguramente como consecuencia del ejercicio ya practicado en la cama, e intentaba ahora levantarse apoyado en él. Quería de verdad abrir la puerta, deseaba sinceramente dejarse ver y hablar con el apoderado; estaba deseoso de saber lo que los otros, que tanto deseaban verle, dirían ante su presencia. Si se asustaban, Gregorio no tendría ya responsabilidad alguna y podría estar tranquilo, pero si lo aceptaban todo con tranquilidad entonces tampoco tenía motivo para excitarse y, de hecho, podría, si se daba prisa, estar a las ocho en la estación. Al principio se resbaló varias veces del liso armario, pero finalmente se dio con fuerza un último impulso y permaneció erguido; ya no prestaba atención alguna a los dolores de vientre, aunque eran muy agudos. Entonces se dejó caer contra el respaldo de una silla cercana, a cuyos bordes se agarró fuertemente con sus patitas. Con esto había conseguido el dominio sobre sí, y enmudeció porque ahora podía escuchar al apoderado.

-¿Han entendido ustedes una sola palabra? -preguntó el apoderado a los padres-. ¿O es que nos toma por tontos?

-¡Por el amor de Dios! -exclamó la madre entre sollozos-, quizá esté gravemente enfermo y nosotros lo atormentamos. ¡Greta! ¡Greta! -gritó después.

-¿Qué, madre? -dijo la hermana desde el otro lado. Se comunicaban a través de la habitación de Gregorio-. Tienes que ir inmediatamente al médico, Gregorio está enfermo. Rápido, a buscar al médico. ¿Acabas de oír hablar a Gregorio?

-Es una voz de animal -dijo el apoderado en un tono de voz extremadamente bajo comparado con los gritos de la madre.

-¡Anna! ¡Anna! -gritó el padre en dirección a la cocina a través de la antesala, y dando palmadas-. ¡Ve a buscar inmediatamente un cerrajero!

Y ya corrían las dos muchachas haciendo ruido con sus faldas por la antesala -¿cómo se habría vestido la hermana tan deprisa?- y abrieron la puerta de par en par. No se oyó cerrar la puerta, seguramente la habían dejado abierta como suele ocurrir en las casas en las que ha ocurrido una gran desgracia.

Pero Gregorio ya estaba mucho más tranquilo. Así es que ya no se entendían sus palabras a pesar de que a él le habían parecido lo suficientemente claras, más claras que antes, sin duda, como consecuencia de que el oído se iba acostumbrando. Pero en todo caso ya se creía en el hecho de que algo andaba mal respecto a Gregorio, y se estaba dispuesto a prestarle ayuda. La decisión y seguridad con que fueron tomadas las primeras disposiciones le sentaron bien. De nuevo se consideró incluido en el círculo humano y esperaba de ambos, del médico y del cerrajero, sin distinguirlos del todo entre sí, excelentes y sorprendentes resultados. Con el fin de tener una voz lo más clara posible en las decisivas conversaciones que se avecinaban, tosió un poco, esforzándose, sin embargo, por hacerlo con mucha moderación, porque posiblemente incluso ese ruido sonaba de una forma distinta a la voz humana, hecho que no confiaba poder distinguir él mismo. Mientras tanto, en la habitación contigua reinaba el silencio. Quizás los padres estaban sentados a la mesa con el apoderado y cuchicheaban, quizá todos estaban arrimados a la puerta y escuchaban.

Gregorio se acercó lentamente a la puerta con la ayuda de la silla, allí la soltó, se arrojó contra la puerta, se mantuvo erguido sobre ella -las callosidades de sus patitas estaban provistas de una sustancia pegajosa- y descansó allí durante un momento del esfuerzo realizado. A continuación comenzó a girar con la boca la llave, que estaba dentro de la cerradura. Por desgracia, no parecía tener dientes propiamente dichos -¿con qué iba a agarrar la llave?-, pero, por el contrario, las mandíbulas eran, desde luego, muy poderosas. Con su ayuda puso la llave, efectivamente, en movimiento, y no se daba cuenta de que, sin duda, se estaba causando algún daño, porque un líquido parduzco le salía de la boca, chorreaba por la llave y goteaba hasta el suelo.

-Escuchen ustedes -dijo el apoderado en la habitación contigua- está dando la vuelta a la llave.

Esto significó un gran estímulo para Gregorio; pero todos debían haberle animado, incluso el padre y la madre. «¡Vamos, Gregorio! -debían haber aclamado-. ¡Duro con ello, duro con la cerradura!» Y ante la idea de que todos seguían con expectación sus esfuerzos, se aferró ciegamente a la llave con todas las fuerzas que fue capaz de reunir. A medida que avanzaba el giro de la llave, Gregorio se movía en torno a la cerradura, ya sólo se mantenía de pie con la boca, y, según era necesario, se colgaba de la llave o la apretaba de nuevo hacia dentro con todo el peso de su cuerpo. El sonido agudo de la cerradura, que se abrió por fin, despertó del todo a Gregorio. Respirando profundamente dijo para sus adentros: «No he necesitado al cerrajero», y apoyó la cabeza sobre el picaporte para abrir la puerta del todo.

Como tuvo que abrir la puerta de esta forma, ésta estaba ya bastante abierta y todavía no se le veía. En primer lugar tenía que darse lentamente la vuelta sobre sí mismo, alrededor de la hoja de la puerta, y ello con mucho cuidado si no quería caer torpemente de espaldas justo ante el umbral de la habitación. Todavía estaba absorto en llevar a cabo aquel difícil movimiento y no tenía tiempo de prestar atención a otra cosa, cuando escuchó al apoderado lanzar en voz alta un «¡Oh!» que sonó como un silbido del viento, y en ese momento vio también cómo aquél, que era el más cercano a la puerta, se tapaba con la mano la boca abierta y retrocedía lentamente como si le empujase una fuerza invisible que actuaba regularmente. La madre -a pesar de la presencia del apoderado, estaba allí con los cabellos desenredados y levantados hacia arriba- miró en primer lugar al padre con las manos juntas, dio a continuación dos pasos hacia Gregorio y, con el rostro completamente oculto en su pecho, cayó al suelo en medio de sus faldas, que quedaron extendidas a su alrededor. El padre cerró el puño con expresión amenazadora, como si quisiera empujar de nuevo a Gregorio a su habitación, miró inseguro a su alrededor por el cuarto de estar, después se tapó los ojos con las manos y lloró de tal forma que su robusto pecho se estremecía por el llanto.

Gregorio no entró, pues, en la habitación, sino que se apoyó en la parte intermedia de la hoja de la puerta que permanecía cerrada, de modo que sólo podía verse la mitad de su cuerpo y sobre él la cabeza, inclinada a un lado, con la cual miraba hacia los demás. Entre tanto el día había aclarado; al otro lado de la calle se distinguía claramente una parte del edificio de enfrente, negruzco e interminable -era un hospital-, con sus ventanas regulares que rompían duramente la fachada. Todavía caía la lluvia, pero sólo a grandes gotas que eran lanzadas hacia abajo aisladamente sobre la tierra. Las piezas de la vajilla del desayuno se extendían en gran cantidad sobre la mesa porque para el padre el desayuno era la comida principal del día, que prolongaba durante horas con la lectura de diversos periódicos. Justamente en la pared de enfrente había una fotografía de Gregorio, de la época de su servicio militar, que le representaba con uniforme de teniente, y cómo, con la mano sobre la espada, sonriendo despreocupadamente, exigía respeto para su actitud y su uniforme. La puerta del vestíbulo estaba abierta y se podía ver el rellano de la escalera y el comienzo de la misma, que conducían hacia abajo.

-Bueno- dijo Gregorio, y era completamente consciente de que era el único que había conservado la tranquilidad-, me vestiré inmediatamente, empaquetaré el muestrario y saldré de viaje. ¿Quieren dejarme marchar? Bueno, señor apoderado, ya ve usted que no soy obstinado y me gusta trabajar, viajar es fatigoso, pero no podría vivir sin viajar. ¿Adónde va usted, señor apoderado? ¿Al almacén? ¿Sí? ¿Lo contará usted todo tal como es en realidad? En un momento dado puede uno ser incapaz de trabajar, pero después llega el momento preciso de acordarse de los servicios prestados y de pensar que después, una vez superado el obstáculo, uno trabajará, con toda seguridad, con más celo y concentración. Yo le debo mucho al jefe, bien lo sabe usted. Por otra parte, tengo a mi cuidado a mis padres y a mi hermana. Estoy en un aprieto, pero saldré de él. Pero no me lo haga usted más difícil de lo que ya es. ¡Póngase de mi parte en el almacén! Ya sé que no se quiere bien al viajante. Se piensa que gana un montón de dinero y se da la gran vida. Es cierto que no hay una razón especial para meditar a fondo sobre este prejuicio, pero usted, señor apoderado, usted tiene una visión de conjunto de las circunstancias mejor que la que tiene el resto del personal; sí, en confianza, incluso una visión de conjunto mejor que la del mismo jefe, que, en su condición de empresario, cambia fácilmente de opinión en perjuicio del empleado. También sabe usted muy bien que el viajante, que casi todo el año está fuera del almacén, puede convertirse fácilmente en víctima de murmuraciones, casualidades y quejas infundadas, contra las que le resulta absolutamente imposible defenderse, porque la mayoría de las veces no se entera de ellas y más tarde, cuando, agotado, ha terminado un viaje, siente sobre su propia carne, una vez en el hogar, las funestas consecuencias cuyas causas no puede comprender. Señor apoderado, no se marche usted sin haberme dicho una palabra que me demuestre que, al menos en una pequeña parte, me da usted la razón.

Pero el apoderado ya se había dado la vuelta a las primeras palabras de Gregorio, y por encima del hombro, que se movía convulsivamente, miraba hacia Gregorio poniendo los labios en forma de morro, y mientras Gregorio hablaba no estuvo quieto ni un momento, sino que, sin perderle de vista, se iba deslizando hacia la puerta, pero muy lentamente, como si existiese una prohibición secreta de abandonar la habitación. Ya se encontraba en el vestíbulo y, a juzgar por el movimiento repentino con que sacó el pie por última vez del cuarto de estar, podría haberse creído que acababa de quemarse la suela. Ya en el vestíbulo, extendió la mano derecha lejos de sí y en dirección a la escalera, como si allí le esperase realmente una salvación sobrenatural.

Gregorio comprendió que de ningún modo debía dejar marchar al apoderado en este estado de ánimo, si es que no quería ver extremadamente amenazado su trabajo en el almacén. Los padres no entendían todo esto demasiado bien: durante todos estos largos años habían llegado al convencimiento de que Gregorio estaba colocado en este almacén para el resto de su vida, y además, con las preocupaciones actuales, tenían tanto que hacer, que habían perdido toda previsión. Pero Gregorio poseía esa previsión. El apoderado tenía que ser retenido, tranquilizado, persuadido y, finalmente, atraído. ¡El futuro de Gregorio y de su familia dependía de ello! ¡Si hubiese estado aquí la hermana! Ella era lista; ya había llorado cuando Gregorio todavía estaba tranquilamente sobre su espalda, y seguro que el apoderado, ese aficionado a las mujeres, se hubiese dejado llevar por ella; ella habría cerrado la puerta principal y en el vestíbulo le hubiese disuadido de su miedo. Pero lo cierto es que la hermana no estaba aquí y Gregorio tenía que actuar. Y sin pensar que no conocía todavía su actual capacidad de movimiento, y que sus palabras posiblemente, seguramente incluso, no habían sido entendidas, abandonó la hoja de la puerta y se deslizó a través del hueco abierto. Pretendía dirigirse hacia el apoderado que, de una forma grotesca, se agarraba ya con ambas manos a la barandilla del rellano; pero, buscando algo en que apoyarse, se cayó inmediatamente sobre sus múltiples patitas, dando un pequeño grito. Apenas había sucedido esto, sintió por primera vez en esta mañana un bienestar físico: las patitas tenían suelo firme por debajo, obedecían a la perfección, como advirtió con alegría; incluso intentaban transportarle hacia donde él quería; y ya creía Gregorio que el alivio definitivo de todos sus males se encontraba a su alcance; Pero en el mismo momento en que, balanceándose por el movimiento reprimido, no lejos de su madre, permanecía en el suelo justo enfrente de ella, ésta, que parecía completamente sumida en sus propios pensamientos, dio un salto hacia arriba, con los brazos extendidos, con los dedos muy separados entre sí, y exclamó:

—¡Socorro, por el amor de Dios, socorro!

Mantenía la cabeza inclinada, como si quisiera ver mejor a Gregorio, pero, en contradicción con ello, retrocedió atropelladamente; había olvidado que detrás de ella estaba la mesa puesta; cuando hubo llegado a ella, se sentó encima precipitadamente, como fuera de sí, y no pareció notar que, junto a ella, el café de la cafetera volcada caía a chorros sobre la alfombra.

-¡Madre, madre! -dijo Gregorio en voz baja, y miró hacia ella. Por un momento había olvidado completamente al apoderado; por el contrario, no pudo evitar, a la vista del café que se derramaba, abrir y cerrar varias veces sus mandíbulas al vacío.

Al verlo la madre gritó nuevamente, huyó de la mesa y cayó en los brazos del padre, que corría a su encuentro. Pero Gregorio no tenía ahora tiempo para sus padres. El apoderado se encontraba ya en la escalera; con la barbilla sobre la barandilla miró de nuevo por última vez. Gregorio tomó impulso para alcanzarle con la mayor seguridad posible. El apoderado debió adivinar algo, porque saltó de una vez varios escalones y desapareció; pero lanzó aún un «¡Uh!», que se oyó en toda la escalera. Lamentablemente esta huida del apoderado pareció desconcertar del todo al padre, que hasta ahora había estado relativamente sereno, pues en lugar de perseguir él mismo al apoderado o, al menos, no obstaculizar a Gregorio en su persecución, agarró con la mano derecha el bastón del apoderado, que aquél había dejado sobre la silla junto con el sombrero y el gabán; tomó con la mano izquierda un gran periódico que había sobre la mesa y, dando patadas en el suelo, comenzó a hacer retroceder a Gregorio a su habitación blandiendo el bastón y el periódico. De nada sirvieron los ruegos de Gregorio, tampoco fueron entendidos, y por mucho que girase humildemente la cabeza, el padre pataleaba aún con más fuerza. Al otro lado, la madre había abierto de par en par una ventana, a pesar del tiempo frío, e inclinada hacia fuera se cubría el rostro con las manos.

Entre la calle y la escalera se estableció una fuerte corriente de aire, las cortinas de las ventanas volaban, se agitaban los periódicos de encima de la mesa, las hojas sueltas revoloteaban por el suelo. El padre le acosaba implacablemente y daba silbidos como un loco. Pero Gregorio todavía no tenía mucha práctica en andar hacia atrás, andaba realmente muy despacio. Si Gregorio se hubiese podido dar la vuelta, enseguida hubiese estado en su habitación, pero tenía miedo de impacientar al padre con su lentitud al darse la vuelta, y a cada instante le amenazaba el golpe mortal del bastón en la espalda o la cabeza. Finalmente, no le quedó a Gregorio otra solución, pues advirtió con angustia que andando hacia atrás ni siquiera era capaz de mantener la dirección, y así, mirando con temor constantemente a su padre de reojo, comenzó a darse la vuelta con la mayor rapidez posible, pero, en realidad, con una gran lentitud. Quizá advirtió el padre su buena voluntad, porque no sólo no le obstaculizó en su empeño, sino que, con la punta de su bastón, le dirigía de vez en cuando, desde lejos, en su movimiento giratorio. ¡Si no hubiese sido por ese insoportable silbar del padre! Por su culpa Gregorio perdía la cabeza por completo. Ya casi se había dado la vuelta del todo cuando, siempre oyendo ese silbido, incluso se equivocó y retrocedió un poco en su vuelta. Pero cuando por fin, feliz, tenía ya la cabeza ante la puerta, resultó que su cuerpo era demasiado ancho para pasar por ella sin más. Naturalmente, al padre, en su actual estado de ánimo, ni siquiera se le ocurrió ni por lo más remoto abrir la otra hoja de la puerta para ofrecer a Gregorio espacio suficiente. Su idea fija consistía solamente en que Gregorio tenía que entrar en su habitación lo más rápidamente posible; tampoco hubiera permitido jamás los complicados preparativos que necesitaba Gregorio para incorporarse y, de este modo, atravesar la puerta. Es más, empujaba hacia delante a Gregorio con mayor ruido aún, como si no existiese obstáculo alguno. Ya no sonaba tras de Gregorio como si fuese la voz de un solo padre; ahora ya no había que andarse con bromas, y Gregorio se empotró en la puerta, pasase lo que pasase. Uno de los costados se levantó, ahora estaba atravesado en el hueco de la puerta, su costado estaba herido por completo, en la puerta blanca quedaron marcadas unas manchas desagradables, pronto se quedó atascado y sólo no hubiera podido moverse, las patitas de un costado estaban colgadas en el aire, y temblaban, las del otro lado permanecían aplastadas dolorosamente contra el suelo.

Entonces el padre le dio por detrás un fuerte empujón que, en esta situación, le produjo un auténtico alivio, y Gregorio penetró profundamente en su habitación, sangrando con intensidad. La puerta fue cerrada con el bastón y a continuación se hizo, por fin, el silencio.

II

Hasta la caída de la tarde no se despertó Gregorio de su profundo sueño, similar a una pérdida de conocimiento. Seguramente no se hubiese despertado mucho más tarde, aun sin ser molestado, porque se sentía suficientemente repuesto y descansado; sin embargo, le parecía como si le hubiesen despertado unos pasos fugaces y el ruido de la puerta que daba al vestíbulo al ser cerrada con cuidado. El resplandor de las farolas eléctricas de la calle se reflejaba pálidamente aquí y allí en el techo de la habitación y en las partes altas de los muebles, pero abajo, donde se encontraba Gregorio, estaba oscuro. Tanteando todavía torpemente con sus antenas, que ahora aprendía a valorar, se deslizó lentamente hacia la puerta para ver lo que había ocurrido allí. Su costado izquierdo parecía una única y larga cicatriz que le daba desagradables tirones y le obligaba realmente a cojear con sus dos filas de patas. Por cierto, una de las patitas había resultado gravemente herida durante los incidentes de la mañana -casi parecía un milagro que sólo una hubiese resultado herida-, y se arrastraba sin vida.

Sólo cuando ya había llegado a la puerta advirtió que lo que lo había atraído hacia ella era el olor a algo comestible, porque allí había una escudilla llena de leche dulce en la que nadaban trocitos de pan. Estuvo a punto de llorar de alegría porque ahora tenía aún más hambre que por la mañana, e inmediatamente introdujo la cabeza dentro de la leche casi hasta por encima de los ojos. Pero pronto volvió a sacarla con desilusión. No sólo comer le resultaba difícil debido a su delicado costado izquierdo -sólo podía comer si todo su cuerpo cooperaba jadeando-, sino que, además, la leche, que siempre había sido su bebida favorita, y que seguramente por eso se la había traído la hermana, ya no le gustaba; es más, se retiró casi con repugnancia de la escudilla y retrocedió a rastras hacia el centro de la habitación.

En el cuarto de estar, por lo que veía Gregorio a través de la rendija de la puerta, estaba encendido el gas, pero mientras que -como era habitual a estas horas del día- el padre solía leer en voz alta a la madre, y a veces también a la hermana, el periódico vespertino, ahora no se oía ruido alguno. Bueno, quizá esta costumbre de leer en voz alta, tal como le contaba y le escribía siempre su hermana, se había perdido del todo en los últimos tiempos. Pero todo a su alrededor permanecía en silencio, a pesar de que, sin duda, la casa no estaba vacía. «¡Qué vida tan apacible lleva la familia!», se dijo Gregorio, y, mientras miraba fijamente la oscuridad que reinaba ante él, se sintió muy orgulloso de haber podido proporcionar a sus padres y a su hermana la vida que llevaban en una vivienda tan hermosa. Pero ¿qué ocurriría si toda la tranquilidad, todo el bienestar, toda la satisfacción, llegase ahora a un terrible final? Para no perderse en tales pensamientos, prefirió Gregorio ponerse en movimiento y arrastrarse de acá para allá por la habitación.

En una ocasión, durante el largo anochecer, se abrió una pequeña rendija una vez en una puerta lateral y otra vez en la otra, y ambas se volvieron a cerrar rápidamente; probablemente alguien tenía necesidad de entrar, pero, al mismo tiempo, sentía demasiada vacilación. Entonces Gregorio se paró justamente delante de la puerta del cuarto de estar, decidido a hacer entrar de alguna manera al indeciso visitante, o al menos para saber de quién se trataba; pero la puerta ya no se abrió más y Gregorio esperó en vano. Por la mañana temprano, cuando todas las puertas estaban bajo llave, todos querían entrar en su habitación. Ahora que había abierto una puerta, y que las demás habían sido abiertas sin duda durante el día, no venía nadie y, además, ahora las llaves estaban metidas en las cerraduras desde fuera.

Muy tarde, ya de noche, se apagó la luz en el cuarto de estar y entonces fue fácil comprobar que los padres y la hermana habían permanecido despiertos todo ese tiempo, porque tal y como se podía oír perfectamente, se retiraban de puntillas los tres juntos en este momento. Así pues, seguramente hasta la mañana siguiente no entraría nadie más en la habitación de Gregorio; disponía de mucho tiempo para pensar, sin que nadie le molestase, sobre cómo debía organizar de nuevo su vida. Pero la habitación de techos altos y que daba la impresión de estar vacía, en la cual estaba obligado a permanecer tumbado en el suelo, lo asustaba sin que pudiera descubrir cuál era la causa, puesto que era la habitación que ocupaba desde hacía cinco años, y con un giro medio inconsciente y no sin una cierta vergüenza, se apresuró a meterse bajo el canapé, en donde, a pesar de que su caparazón era algo estrujado y a pesar de que ya no podía levantar la cabeza, se sintió pronto muy cómodo y solamente lamentó que su cuerpo fuese demasiado ancho para poder desaparecer por completo debajo del canapé.

Allí permaneció durante toda la noche, que pasó, en parte, inmerso en un semisueño, del que una y otra vez lo despertaba el hambre con un sobresalto, y, en parte, entre preocupaciones y confusas esperanzas, que lo llevaban a la consecuencia de que, de momento, debía comportarse con calma y, con la ayuda de una gran paciencia y de una gran consideración por parte de la familia, tendría que hacer soportables las molestias que Gregorio, en su estado actual, no podía evitar producirles.

Ya muy de mañana, era todavía casi de noche, tuvo Gregorio la oportunidad de poner a prueba las decisiones que acababa de tomar, porque la hermana, casi vestida del todo, abrió la puerta desde el vestíbulo y miró con expectación hacia dentro. No lo encontró enseguida, pero cuando lo descubrió debajo del canapé -¡Dios mío, tenía que estar en alguna parte, no podía haber volado!- se asustó tanto que, sin poder dominarse, volvió a cerrar la puerta desde afuera. Pero como si se arrepintiese de su comportamiento, inmediatamente la abrió de nuevo y entró de puntillas, como si se tratase de un enfermo grave o de un extraño. Gregorio había adelantado la cabeza casi hasta el borde del canapé y la observaba. ¿Se daría cuenta de que había dejado la leche, y no por falta de hambre, y le traería otra comida más adecuada? Si no caía en la cuenta por sí misma Gregorio preferiría morir de hambre antes que llamarle la atención sobre esto, a pesar de que sentía unos enormes deseos de salir de debajo del canapé, arrojarse a los pies de la hermana y rogarle que le trajese algo bueno de comer. Pero la hermana reparó con sorpresa en la escudilla llena, a cuyo alrededor se había vertido un poco de leche, y la levantó del suelo, aunque no lo hizo directamente con las manos, sino con un trapo, y se la llevó. Gregorio tenía mucha curiosidad por saber lo que le traería en su lugar, e hizo al respecto las más diversas conjeturas. Pero nunca hubiese podido adivinar lo que la bondad de la hermana iba realmente a hacer. Para poner a prueba su gusto, le trajo muchas cosas para elegir, todas ellas extendidas sobre un viejo periódico. Había verduras pasadas medio podridas, huesos de la cena, rodeados de una salsa blanca que se había ya endurecido, algunas uvas pasas y almendras, un queso que, hacía dos días, Gregorio había calificado de incomible, un trozo de pan, otro trozo de pan untado con mantequilla y otro trozo de pan untado con mantequilla y sal. Además añadió a todo esto la escudilla que, a partir de ahora, probablemente estaba destinada a Gregorio, en la cual había echado agua. Y por delicadeza, como sabía que Gregorio nunca comería delante de ella, se retiró rápidamente e incluso echó la llave, para que Gregorio se diese cuenta de que podía ponerse todo lo cómodo que desease. Las patitas de Gregorio zumbaban cuando se acercaba el momento de comer. Por cierto, sus heridas ya debían estar curadas del todo porque ya no notaba molestia alguna; se asombró y pensó en cómo, hacía más de un mes, se había cortado un poco un dedo y esa herida, todavía anteayer, le dolía bastante. ¿Tendré ahora menos sensibilidad?, pensó, y ya chupaba con voracidad el queso, que fue lo que más fuertemente y de inmediato lo atrajo de todo. Sucesivamente, a toda velocidad, y con los ojos llenos de lágrimas de alegría, devoró el queso, las verduras y la salsa; los alimentos frescos, por el contrario, no le gustaban, ni siquiera podía soportar su olor, e incluso alejó un poco las cosas que quería comer. Ya hacía tiempo que había terminado y permanecía tumbado perezosamente en el mismo sitio, cuando la hermana, como señal de que debía retirarse, giró lentamente la llave. Esto lo asustó, a pesar de que ya dormitaba, y se apresuró a esconderse bajo el canapé, pero le costó una gran fuerza de voluntad permanecer debajo del canapé aun el breve tiempo en el que la hermana estuvo en la habitación, porque, a causa de la abundante comida, el vientre se había redondeado un poco y apenas podía respirar en el reducido espacio. Entre pequeños ataques de asfixia, veía con ojos un poco saltones cómo la hermana, que nada imaginaba de esto, no solamente barría con su escoba los restos, sino también los alimentos que Gregorio ni siquiera había tocado, como si éstos ya no se pudiesen utilizar, y cómo lo tiraba todo precipitadamente a un cubo, que cerró con una tapa de madera, después de lo cual se lo llevó todo. Apenas se había dado la vuelta cuando Gregorio salía ya de debajo del canapé, se estiraba y se inflaba.

De esta forma recibía Gregorio su comida diaria una vez por la mañana, cuando los padres y la criada todavía dormían, y la segunda vez después de la comida del mediodía, porque entonces los padres dormían un ratito y la hermana mandaba a la criada a algún recado. Sin duda los padres no querían que Gregorio se muriese de hambre, pero quizá no hubieran podido soportar enterarse de sus costumbres alimenticias más de lo que de ellas les dijese la hermana; quizá la hermana quería ahorrarles una pequeña pena porque, de hecho, ya sufrían bastante.

Gregorio no pudo enterarse de las excusas con las que el médico y el cerrajero habían sido despedidos de la casa en aquella primera mañana, puesto que, como no podían entenderle, nadie, ni siquiera la hermana, pensaba que él pudiera entender a los demás, y así, cuando la hermana estaba en su habitación, tenía que conformarse con escuchar de vez en cuando sus suspiros y sus invocaciones a los santos. Sólo más tarde, cuando ya se había acostumbrado un poco a todo -naturalmente nunca podría pensarse en que se acostumbrase del todo-, cazaba Gregorio a veces una observación hecha amablemente o que así podía interpretarse: «Hoy sí que le ha gustado», decía cuando Gregorio había comido con abundancia, mientras que, en el caso contrario, que poco a poco se repetía con más frecuencia, solía decir casi con tristeza: «Hoy ha sobrado todo».

Mientras que Gregorio no se enteraba de novedad alguna de forma directa, escuchaba algunas cosas procedentes de las habitaciones contiguas. Y allí donde escuchaba voces una sola vez, corría enseguida hacia la puerta correspondiente y se estrujaba con todo su cuerpo contra ella. Especialmente en los primeros tiempos no había ninguna conversación que de alguna manera, si bien sólo en secreto, no tratase de él. A lo largo de dos días se escucharon durante las comidas discusiones sobre cómo se debían comportar ahora; pero también entre las comidas se hablaba del mismo tema, porque siempre había en casa al menos dos miembros de la familia, ya que seguramente nadie quería quedarse solo en casa, y tampoco podían dejar de ningún modo la casa sola. Incluso ya el primer día la criada (no estaba del todo claro qué y cuánto sabía de lo ocurrido) había pedido de rodillas a la madre que la despidiese inmediatamente, y cuando, un cuarto de hora después, se marchaba con lágrimas en los ojos, daba gracias por el despido como por el favor más grande que pudiese hacérsele, y sin que nadie se lo pidiese hizo un solemne juramento de no decir nada a nadie.

Ahora la hermana, junto con la madre, tenía que cocinar, si bien esto no ocasionaba demasiado trabajo porque apenas se comía nada. Una y otra vez escuchaba Gregorio cómo uno animaba en vano al otro a que comiese y no recibía más contestación que: «¡Gracias, tengo suficiente!», o algo parecido. Quizá tampoco se bebía nada. A veces la hermana preguntaba al padre si quería tomar una cerveza, y se ofrecía amablemente a ir ella misma a buscarla, y como el padre permanecía en silencio, añadía para que él no tuviese reparos, que también podía mandar a la portera, pero entonces el padre respondía, por fin, con un poderoso «no», y ya no se hablaba más del asunto.

Ya en el transcurso del primer día el padre explicó tanto a la madre como a la hermana toda la situación económica y las perspectivas. De vez en cuando se levantaba de la mesa y recogía de la pequeña caja marca Wertheim, que había salvado de la quiebra de su negocio ocurrida hacía cinco años, algún documento o libro de anotaciones. Se oía cómo abría el complicado cerrojo y lo volvía a cerrar después de sacar lo que buscaba. Estas explicaciones del padre eran, en parte, la primera cosa grata que Gregorio oía desde su encierro. Gregorio había creído que al padre no le había quedado nada de aquel negocio, al menos el padre no le había dicho nada en sentido contrario, y, por otra parte, tampoco Gregorio le había preguntado. En aquel entonces la preocupación de Gregorio había sido hacer todo lo posible para que la familia olvidase rápidamente el desastre comercial que los había sumido a todos en la más completa desesperación, y así había empezado entonces a trabajar con un ardor muy especial y, casi de la noche a la mañana, había pasado a ser de un simple dependiente a un viajante que, naturalmente, tenía otras muchas posibilidades de ganar dinero, y cuyos éxitos profesionales, en forma de comisiones, se convierten inmediatamente en dinero constante y sonante, que se podía poner sobre la mesa en casa ante la familia asombrada y feliz. Habían sido buenos tiempos y después nunca se habían repetido, al menos con ese esplendor, a pesar de que Gregorio, después, ganaba tanto dinero, que estaba en situación de cargar con todos los gastos de la familia y así lo hacía. Se habían acostumbrado a esto tanto la familia como Gregorio; se aceptaba el dinero con agradecimiento, él lo entregaba con gusto, pero ya no emanaba de ello un calor especial. Solamente la hermana había permanecido unida a Gregorio, y su intención secreta consistía en mandarla el año próximo al conservatorio sin tener en cuenta los grandes gastos que ello traería consigo y que se compensarían de alguna otra forma, porque ella, al contrario que Gregorio, sentía un gran amor por la música y tocaba el violín de una forma conmovedora. Con frecuencia, durante las breves estancias de Gregorio en la ciudad, se mencionaba el conservatorio en las conversaciones con la hermana, pero sólo como un hermoso sueño en cuya realización no podía ni pensarse, y a los padres ni siquiera les gustaba escuchar estas inocentes alusiones; pero Gregorio pensaba decididamente en ello y tenía la intención de darlo a conocer solemnemente en Nochebuena.

Este tipo de pensamientos, completamente inútiles en su estado actual, eran los que le pasaban por la cabeza mientras permanecía allí pegado a la puerta y escuchaba. A veces ya no podía escuchar más de puro cansando y, en un descuido, se golpeaba la cabeza contra la puerta, pero inmediatamente volvía a levantarla, porque incluso el pequeño ruido que había producido con ello había sido escuchado al lado y había hecho enmudecer a todos.

-¿Qué es lo que hará? -decía el padre pasados unos momentos y dirigiéndose a todas luces hacia la puerta; después se reanudaba poco a poco la conversación que había sido interrumpida.

De esta forma Gregorio se enteró muy bien -el padre solía repetir con frecuencia sus explicaciones, en parte porque él mismo ya hacía tiempo que no se ocupaba de estas cosas, y, en parte también, porque la madre no entendía todo a la primera- de que, a pesar de la desgracia, todavía quedaba una pequeña fortuna; que los intereses, aún intactos, habían aumentado un poco más durante todo este tiempo. Además, el dinero que Gregorio había traído todos los meses a casa -él sólo había guardado para sí unos pocos florines- no se había gastado del todo y se había convertido en un pequeño capital. Gregorio, detrás de su puerta, asentía entusiasmado, contento por la inesperada previsión y ahorro. La verdad es que con ese dinero sobrante Gregorio podía haber ido liquidando la deuda que tenía el padre con el jefe y el día en que, por fin, hubiese podido abandonar ese trabajo habría estado más cercano; pero ahora era sin duda mucho mejor así, tal y como lo había organizado el padre.

Sin embargo, este dinero no era del todo suficiente como para que la familia pudiese vivir de los intereses; bastaba quizá para mantener a la familia uno, como mucho dos años, más era imposible. Así pues, se trataba de una suma de dinero que, en realidad, no podía tocarse, y que debía ser reservada para un caso de necesidad, pero el dinero para vivir había que ganarlo. Ahora bien, el padre era ciertamente un hombre sano, pero ya viejo, que desde hacía cinco años no trabajaba y que, en todo caso, no debía confiar mucho en sus fuerzas; durante estos cinco años, que habían sido las primeras vacaciones de su esforzada y, sin embargo, infructuosa existencia, había engordado mucho, y por ello se había vuelto muy torpe. ¿Y la anciana madre? ¿Tenía ahora que ganar dinero, ella que padecía de asma, a quien un paseo por la casa producía fatiga, y que pasaba uno de cada dos días con dificultades respiratorias, tumbada en el sofá con la ventana abierta? ¿Y la hermana también tenía que ganar dinero, ella que todavía era una criatura de diecisiete años, a quien uno se alegraba de poder proporcionar la forma de vida que había llevado hasta ahora, y que consistía en vestirse bien, dormir mucho, ayudar en la casa, participar en algunas diversiones modestas y, sobre todo, tocar el violín? Cuando se empezaba a hablar de la necesidad de ganar dinero Gregorio acababa por abandonar la puerta y arrojarse sobre el fresco sofá de cuero, que estaba junto a la puerta, porque se ponía al rojo vivo de vergüenza y tristeza.

A veces permanecía allí tumbado durante toda la noche, no dormía ni un momento, y se restregaba durante horas sobre el cuero. O bien no retrocedía ante el gran esfuerzo de empujar una silla hasta la ventana, trepar a continuación hasta el antepecho y, subido en la silla, apoyarse en la ventana y mirar a través de la misma, sin duda como recuerdo de lo libre que se había sentido siempre que anteriormente había estado apoyado aquí. Porque, efectivamente, de día en día, veía cada vez con menos claridad las cosas que ni siquiera estaban muy alejadas: ya no podía ver el hospital de enfrente, cuya visión constante había antes maldecido, y si no hubiese sabido muy bien que vivía en la tranquila pero central Charlottenstrasse, podría haber creído que veía desde su ventana un desierto en el que el cielo gris y la gris tierra se unían sin poder distinguirse uno de otra. Sólo dos veces había sido necesario que su atenta hermana viese que la silla estaba bajo la ventana para que, a partir de entonces, después de haber recogido la habitación, la colocase siempre bajo aquélla, e incluso dejase abierta la contraventana interior.

Si Gregorio hubiese podido hablar con la hermana y darle las gracias por todo lo que tenía que hacer por él, hubiese soportado mejor sus servicios, pero de esta forma sufría con ellos. Ciertamente, la hermana intentaba hacer más llevadero lo desagradable de la situación, y, naturalmente, cuanto más tiempo pasaba, tanto más fácil le resultaba conseguirlo, pero también Gregorio adquirió con el tiempo una visión de conjunto más exacta. Ya el solo hecho de que la hermana entrase le parecía terrible.

Apenas había entrado, sin tomarse el tiempo necesario para cerrar la puerta, y eso que siempre ponía mucha atención en ahorrar a todos el espectáculo que ofrecía la habitación de Gregorio, corría derecha hacia la ventana y la abría de par en par, con manos presurosas, como si se asfixiase y, aunque hiciese mucho frío, permanecía durante algunos momentos ante ella, y respiraba profundamente. Estas carreras y ruidos asustaban a Gregorio dos veces al día; durante todo ese tiempo temblaba bajo el canapé y sabía muy bien que ella le hubiese evitado con gusto todo esto, si es que le hubiese sido posible permanecer con la ventana cerrada en la habitación en la que se encontraba Gregorio.

Una vez, hacía aproximadamente un mes de la transformación de Gregorio, y el aspecto de éste ya no era para la hermana motivo especial de asombro, llegó un poco antes de lo previsto y encontró a Gregorio mirando por la ventana, inmóvil y realmente colocado para asustar. Para Gregorio no hubiese sido inesperado si ella no hubiese entrado, ya que él, con su posición, impedía que ella pudiese abrir de inmediato la ventana, pero ella no solamente no entró, sino que retrocedió y cerró la puerta; un extraño habría podido pensar que Gregorio la había acechado y había querido morderla. Gregorio, naturalmente, se escondió enseguida bajo el canapé, pero tuvo que esperar hasta mediodía antes de que la hermana volviese de nuevo, y además parecía mucho más intranquila que de costumbre. Gregorio sacó la conclusión de que su aspecto todavía le resultaba insoportable y continuaría pareciéndoselo, y que ella tenía que dominarse a sí misma para no salir corriendo al ver incluso la pequeña parte de su cuerpo que sobresalía del canapé. Para ahorrarle también ese espectáculo, transportó un día sobre la espalda -para ello necesitó cuatro horas- la sábana encima del canapé, y la colocó de tal forma que él quedaba tapado del todo, y la hermana, incluso si se agachaba, no podía verlo. Si, en opinión de la hermana, esa sábana no hubiese sido necesaria, podría haberla retirado, porque estaba suficientemente claro que Gregorio no se aislaba por gusto, pero dejó la sábana tal como estaba, e incluso Gregorio creyó adivinar una mirada de gratitud cuando, con cuidado, levantó la cabeza un poco para ver cómo acogía la hermana la nueva disposición.

Durante los primeros catorce días, los padres no consiguieron decidirse a entrar en su habitación, y Gregorio escuchaba con frecuencia cómo ahora reconocían el trabajo de la hermana, a pesar de que anteriormente se habían enfadado muchas veces con ella, porque les parecía una chica un poco inútil. Pero ahora, a veces, ambos, el padre y la madre, esperaban ante la habitación de Gregorio mientras la hermana la recogía y, apenas había salido, tenía que contar con todo detalle qué aspecto tenía la habitación, lo que había comido Gregorio, cómo se había comportado esta vez y si, quizá, se advertía una pequeña mejoría. Por cierto, la madre quiso entrar a ver a Gregorio relativamente pronto, pero el padre y la hermana se lo impidieron, al principio con argumentos racionales, que Gregorio escuchaba con mucha atención, y con los que estaba muy de acuerdo, pero más tarde hubo que impedírselo por la fuerza, y si entonces gritaba: «¡Déjenme entrar a ver a Gregorio, pobre hijo mío! ¿Es que no comprenden que tengo que entrar a verlo?» Entonces Gregorio pensaba que quizá sería bueno que la madre entrase, naturalmente no todos los días, pero sí una vez a la semana; ella comprendía todo mucho mejor que la hermana, que, a pesar de todo su valor, no era más que una niña, y, en última instancia, quizá sólo se había hecho cargo de una tarea tan difícil por irreflexión infantil.

El deseo de Gregorio de ver a la madre pronto se convirtió en realidad. Durante el día Gregorio no quería mostrarse por la ventana, por consideración a sus padres, pero tampoco podía arrastrarse demasiado por los pocos metros cuadrados del suelo; ya soportaba con dificultad estar tumbado tranquilamente durante la noche, pronto ya ni siquiera la comida le producía alegría alguna y así, para distraerse, adoptó la costumbre de arrastrarse en todas direcciones por las paredes y el techo. Le gustaba especialmente permanecer colgado del techo; era algo muy distinto a estar tumbado en el suelo; se respiraba con más libertad; un ligero balanceo atravesaba el cuerpo; y sumido en la casi feliz distracción en la que se encontraba allí arriba, podía ocurrir que, para su sorpresa, se dejase caer y se golpease contra el suelo. Pero ahora, naturalmente, dominaba su cuerpo de una forma muy distinta a como lo había hecho antes y no se hacía daño, incluso después de semejante caída. La hermana se dio cuenta inmediatamente de la nueva diversión que Gregorio había descubierto -al arrastrarse dejaba tras de sí, por todas partes, huellas de su sustancia pegajosa- y entonces se le metió en la cabeza proporcionar a Gregorio la posibilidad de arrastrarse a gran escala y sacar de allí los muebles que lo impedían, es decir, sobre todo el armario y el escritorio. Ella no era capaz de hacerlo todo sola, tampoco se atrevía a pedir ayuda al padre; la criada no la hubiese ayudado seguramente, porque esa chica, de unos dieciséis años, resistía ciertamente con valor desde que se despidió a la cocinera anterior, pero había pedido el favor de poder mantener la cocina constantemente cerrada y abrirla solamente a una señal determinada. Así pues, no le quedó a la hermana más remedio que valerse de la madre, una vez que estaba el padre ausente.

Con exclamaciones de excitada alegría se acercó la madre, pero enmudeció ante la puerta de la habitación de Gregorio. Primero la hermana se aseguró de que todo en la habitación estaba en orden, después dejó entrar a la madre. Gregorio se había apresurado a colocar la sábana aún más bajo y con más pliegues, de modo que, de verdad, tenía el aspecto de una sábana lanzada casualmente sobre el canapé. Gregorio se abstuvo esta vez de espiar por debajo de la sábana; renunció a ver esta vez a la madre y se contentaba sólo conque hubiese venido.

-Vamos, acércate, no se le ve -dijo la hermana, y, sin duda, llevaba a la madre de la mano. Gregorio oyó entonces cómo las dos débiles mujeres movían de su sitio el pesado y viejo armario, y cómo la hermana siempre se cargaba la mayor parte del trabajo, sin escuchar las advertencias de la madre que temía que se esforzase demasiado. Duró mucho tiempo. Aproximadamente después de un cuarto de hora de trabajo dijo la madre que deberían dejar aquí el armario, porque, en primer lugar, era demasiado pesado y no acabarían antes de que regresase el padre, y con el armario en medio de la habitación le bloqueaban a Gregorio cualquier camino y, en segundo lugar, no era del todo seguro que se le hiciese a Gregorio un favor con retirar los muebles. A ella le parecía precisamente lo contrario, la vista de las paredes desnudas le oprimía el corazón, y por qué no iba a sentir Gregorio lo mismo, puesto que ya hacía tiempo que estaba acostumbrado a los muebles de la habitación, y por eso se sentiría abandonado en la habitación vacía.

-Y es que acaso no... -finalizó la madre en voz baja, aunque ella hablaba siempre casi susurrando, como si quisiera evitar que Gregorio, cuyo escondite exacto ella ignoraba, escuchase siquiera el sonido de su voz, porque ella estaba convencida de que él no entendía las palabras.

-¿Y es que acaso no parece que retirando los muebles le mostramos que perdemos toda esperanza de mejoría y lo abandonamos a su suerte sin consideración alguna? Yo creo que lo mejor sería que intentásemos conservar la habitación en el mismo estado en que se encontraba antes, para que Gregorio, cuando regrese de nuevo con nosotros, encuentre todo tal como estaba y pueda olvidar más fácilmente este paréntesis de tiempo.

Al escuchar estas palabras de la madre, Gregorio reconoció que la falta de toda conversación inmediata con un ser humano, junto a la vida monótona en el seno de la familia, tenía que haber confundido sus facultades mentales a lo largo de estos dos meses, porque de otro modo no podía explicarse que hubiese podido desear seriamente que se vaciase su habitación. ¿Deseaba realmente permitir que transformasen la cálida habitación amueblada confortablemente, con muebles heredados de su familia, en una cueva en la que, efectivamente, podría arrastrarse en todas direcciones sin obstáculo alguno, teniendo, sin embargo, como contrapartida, que olvidarse al mismo tiempo, rápidamente y por completo, de su pasado humano? Ya se encontraba a punto de olvidar y solamente le había animado la voz de su madre, que no había oído desde hacía tiempo. Nada debía retirarse, todo debía quedar como estaba, no podía prescindir en su estado de la bienhechora influencia de los muebles, y si los muebles le impedían arrastrarse sin sentido de un lado para otro, no se trataba de un perjuicio, sino de una gran ventaja.

Pero la hermana era, lamentablemente, de otra opinión; no sin cierto derecho, se había acostumbrado a aparecer frente a los padres como experta al discutir sobre asuntos concernientes a Gregorio, y de esta forma el consejo de la madre era para la hermana motivo suficiente para retirar no sólo el armario y el escritorio, como había pensado en un principio, sino todos los muebles a excepción del imprescindible canapé. Naturalmente, no sólo se trataba de una terquedad pueril y de la confianza en sí misma que en los últimos tiempos, de forma tan inesperada y difícil, había conseguido, lo que la impulsaba a esta exigencia; ella había observado, efectivamente, que Gregorio necesitaba mucho sitio para arrastrarse y que, en cambio, no utilizaba en absoluto los muebles, al menos por lo que se veía. Pero quizá jugaba también un papel importante el carácter exaltado de una chica de su edad, que busca su satisfacción en cada oportunidad, y por el que Greta ahora se dejaba tentar con la intención de hacer más que ahora, porque en una habitación en la que sólo Gregorio era dueño y señor de las paredes vacías, no se atrevería a entrar ninguna otra persona más que Greta.

Así pues, no se dejó disuadir de sus propósitos por la madre, que también, de pura inquietud, parecía sentirse insegura en esta habitación; pronto enmudeció y ayudó a la hermana con todas sus fuerzas a sacar el armario. Bueno, en caso de necesidad, Gregorio podía prescindir del armario, pero el escritorio tenía que quedarse; y apenas habían abandonado las mujeres la habitación con el armario, en el cual se apoyaban gimiendo, cuando Gregorio sacó la cabeza de debajo del canapé para ver cómo podía tomar cartas en el asunto lo más prudente y discretamente posible. Pero, por desgracia, fue precisamente la madre quien regresó primero, mientras Greta, en la habitación contigua, sujetaba el armario rodeándolo con los brazos y lo empujaba sola de acá para allá, naturalmente, sin moverlo un ápice de su sitio. Pero la madre no estaba acostumbrada a ver a Gregorio, podría haberse puesto enferma por su culpa, y así Gregorio, andando hacia atrás, se alejó asustado hasta el otro extremo del canapé, pero no pudo evitar que la sábana se moviese un poco por la parte de delante. Esto fue suficiente para llamar la atención de la madre. Ésta se detuvo, permaneció allí un momento en silencio y luego volvió con Greta.

A pesar de que Gregorio se repetía una y otra vez que no ocurría nada fuera de lo común, sino que sólo se cambiaban de sitio algunos muebles, sin embargo, como pronto habría de confesarse a sí mismo, este ir y venir de las mujeres, sus breves gritos, el arrastre de los muebles sobre el suelo, le producían la impresión de un gran barullo, que crecía procedente de todas las direcciones y, por mucho que encogía la cabeza y las patas sobre sí mismo y apretaba el cuerpo contra el suelo, tuvo que confesarse irremisiblemente que no soportaría todo esto mucho tiempo. Ellas le vaciaban su habitación, le quitaban todo aquello a lo que tenía cariño, el armario en el que guardaba la sierra y otras herramientas ya lo habían sacado; ahora ya aflojaban el escritorio, que estaba fijo al suelo, en el cual había hecho sus deberes cuando era estudiante de comercio, alumno del instituto e incluso alumno de la escuela primaria. Ante esto no le quedaba ni un momento para comprobar las buenas intenciones que tenían las dos mujeres, y cuya existencia, por cierto, casi había olvidado, porque de puro agotamiento trabajaban en silencio y solamente se oían las sordas pisadas de sus pies.

Y así salió de repente -las mujeres estaban en ese momento en la habitación contigua, apoyadas en el escritorio para tomar aliento-, cambió cuatro veces la dirección de su marcha, no sabía a ciencia cierta qué era lo que debía salvar primero, cuando vio en la pared ya vacía, llamándole la atención, el cuadro de la mujer envuelta en pieles. Se arrastró apresuradamente hacia arriba y se apretó contra el cuadro, cuyo cristal lo sujetaba y le aliviaba el ardor de su vientre. Al menos este cuadro, que Gregorio tapaba ahora por completo, seguro que no se lo llevaba nadie. Volvió la cabeza hacia la puerta del cuarto de estar para observar a las mujeres cuando volviesen.

No se habían permitido una larga tregua y ya volvían; Greta había rodeado a su madre con el brazo y casi la llevaba en volandas.

-¿Qué nos llevamos ahora? -dijo Greta, y miró a su alrededor. Entonces sus miradas se cruzaron con las de Gregorio, que estaba en la pared. Seguramente sólo a causa de la presencia de la madre conservó su serenidad, inclinó su rostro hacia la madre, para impedir que ella mirase a su alrededor, y dijo temblando y aturdida:

-Ven, ¿nos volvemos un momento al cuarto de estar?

Gregorio veía claramente la intención de Greta, quería llevar a la madre a un lugar seguro y luego echarle de la pared. Bueno, ¡que lo intentase! Él permanecería sobre su cuadro y no renunciaría a él. Prefería saltarle a Greta a la cara.

Pero justamente las palabras de Greta inquietaron a la madre, quien se echó a un lado y vio la gigantesca mancha pardusca sobre el papel pintado de flores y, antes de darse realmente cuenta de que aquello que veía era Gregorio, gritó con voz ronca y estridente:

-¡Ay Dios mío, ay Dios mío! -y con los brazos extendidos cayó sobre el canapé, como si renunciase a todo, y se quedó allí inmóvil.

-¡Cuidado, Gregorio! -gritó la hermana levantando el puño y con una mirada penetrante. Desde la transformación eran estas las primeras palabras que le dirigía directamente. Corrió a la habitación contigua para buscar alguna esencia con la que pudiese despertar a su madre de su inconsciencia; Gregorio también quería ayudar -había tiempo más que suficiente para salvar el cuadro-, pero estaba pegado al cristal y tuvo que desprenderse con fuerza, luego corrió también a la habitación de al lado como si pudiera dar a la hermana algún consejo, como en otros tiempos, pero tuvo que quedarse detrás de ella sin hacer nada; cuando Greta volvía entre diversos frascos, se asustó al darse la vuelta y un frasco se cayó al suelo y se rompió y un trozo de cristal hirió a Gregorio en la cara; una medicina corrosiva se derramó sobre él. Sin detenerse más tiempo, Greta cogió todos los frascos que podía llevar y corrió con ellos hacia donde estaba la madre; cerró la puerta con el pie. Gregorio estaba ahora aislado de la madre, que quizá estaba a punto de morir por su culpa; no debía abrir la habitación, no quería echar a la hermana que tenía que permanecer con la madre; ahora no tenía otra cosa que hacer que esperar; y, afligido por los remordimientos y la preocupación, comenzó a arrastrarse, se arrastró por todas partes: paredes, muebles y techos, y finalmente, en su desesperación, cuando ya la habitación empezaba a dar vueltas a su alrededor, se desplomó en medio de la gran mesa.

Pasó un momento, Gregorio yacía allí extenuado, a su alrededor todo estaba tranquilo, quizá esto era una buena señal. Entonces sonó el timbre. La chica estaba, naturalmente, encerrada en su cocina y Greta tenía que ir a abrir. El padre había llegado.

-¿Qué ha ocurrido? -fueron sus primeras palabras.

El aspecto de Greta lo revelaba todo. Greta contestó con voz ahogada, si duda apretaba su rostro contra el pecho del padre:

-Madre se quedó inconsciente, pero ya está mejor. Gregorio ha escapado.

-Ya me lo esperaba -dijo el padre-, se los he dicho una y otra vez, pero ustedes, las mujeres, nunca hacen caso.

Gregorio se dio cuenta de que el padre había interpretado mal la escueta información de Greta y sospechaba que Gregorio había hecho uso de algún acto violento. Por eso ahora tenía que intentar apaciguar al padre, porque para darle explicaciones no tenía ni el tiempo ni la posibilidad. Así pues, Gregorio se precipitó hacia la puerta de su habitación y se apretó contra ella para que el padre, ya desde el momento en que entrase en el vestíbulo, viese que Gregorio tenía la más sana intención de regresar inmediatamente a su habitación, y que no era necesario hacerle retroceder, sino que sólo hacía falta abrir la puerta e inmediatamente desaparecería. Pero el padre no estaba en situación de advertir tales sutilezas.

-¡Ah! -gritó al entrar, en un tono como si al mismo tiempo estuviese furioso y contento. Gregorio retiró la cabeza de la puerta y la levantó hacia el padre. Nunca se hubiese imaginado así al padre, tal y como estaba allí; bien es verdad que en los últimos tiempos, puesta su atención en arrastrarse por todas partes, había perdido la ocasión de preocuparse como antes de los asuntos que ocurrían en el resto de la casa, y tenía realmente que haber estado preparado para encontrar las circunstancias cambiadas. Aun así, aun así. ¿Era este todavía el padre? ¿El mismo hombre que yacía sepultado en la cama, cuando, en otros tiempos, Gregorio salía en viaje de negocios? ¿El mismo hombre que, la tarde en que volvía, le recibía en bata sentado en su sillón, y que no estaba en condiciones de levantarse, sino que, como señal de alegría, sólo levantaba los brazos hacia él? ¿El mismo hombre que, durante los poco frecuentes paseos en común, un par de domingos al año o en las festividades más importantes, se abría paso hacia delante entre Gregorio y la madre, que ya de por sí andaban despacio, aún más despacio que ellos, envuelto en su viejo abrigo, siempre apoyando con cuidado el bastón, y que, cuando quería decir algo, casi siempre se quedaba parado y congregaba a sus acompañantes a su alrededor? Pero ahora estaba muy derecho, vestido con un rígido uniforme azul con botones, como los que llevan los ordenanzas de los bancos; por encima del cuello alto y tieso de la chaqueta sobresalía su gran papada; por debajo de las pobladas cejas se abría paso la mirada, despierta y atenta, de unos ojos negros. El cabello blanco, en otro tiempo desgreñado, estaba ahora ordenado en un peinado a raya brillante y exacto. Arrojó su gorra, en la que había bordado un monograma dorado, probablemente el de un banco, sobre el canapé a través de la habitación formando un arco, y se dirigió hacia Gregorio con el rostro enconado, las puntas de la larga chaqueta del uniforme echadas hacia atrás, y las manos en los bolsillos del pantalón. Probablemente ni él mismo sabía lo que iba a hacer, sin embargo levantaba los pies a una altura desusada y Gregorio se asombró del tamaño enorme de las suelas de sus botas. Pero Gregorio no permanecía parado, ya sabía desde el primer día de su nueva vida que el padre, con respecto a él, sólo consideraba oportuna la mayor rigidez. Y así corría delante del padre, se paraba si el padre se paraba, y se apresuraba a seguir hacia delante con sólo que el padre se moviese. Así recorrieron varias veces la habitación sin que ocurriese nada decisivo y sin que ello hubiese tenido el aspecto de una persecución, como consecuencia de la lentitud de su recorrido. Por eso Gregorio permaneció de momento sobre el suelo, especialmente porque temía que el padre considerase una especial maldad por su parte la huida a las paredes o al techo. Por otra parte, Gregorio tuvo que confesarse a sí mismo que no soportaría por mucho tiempo estas carreras, porque mientras el padre daba un paso, él tenía que realizar un sinnúmero de movimientos. Ya comenzaba a sentir ahogos, bien es verdad que tampoco anteriormente había tenido unos pulmones dignos de confianza. Mientras se tambaleaba con la intención de reunir todas sus fuerzas para la carrera, apenas tenía los ojos abiertos; en su embotamiento no pensaba en otra posibilidad de salvación que la de correr; y ya casi había olvidado que las paredes estaban a su disposición, bien es verdad que éstas estaban obstruidas por muelles llenos de esquinas y picos. En ese momento algo, lanzado sin fuerza, cayó junto a él, y echó a rodar por delante de él. Era una manzana; inmediatamente siguió otra; Gregorio se quedó inmóvil del susto; seguir corriendo era inútil, porque el padre había decidido bombardearle. Con la fruta procedente del frutero que estaba sobre el aparador se había llenado los bolsillos y lanzaba manzana tras manzana sin apuntar con exactitud, de momento. Estas pequeñas manzanas rojas rodaban por el suelo como electrificadas y chocaban unas con otras. Una manzana lanzada sin fuerza rozó la espalda de Gregorio, pero resbaló sin causarle daños. Sin embargo, otra que la siguió inmediatamente, se incrustó en la espalda de Gregorio; éste quería continuar arrastrándose, como si el increíble y sorprendente dolor pudiese aliviarse al cambiar de sitio; pero estaba como clavado y se estiraba, totalmente desconcertado.

Sólo al mirar por última vez alcanzó a ver cómo la puerta de su habitación se abría de par en par y por delante de la hermana, que chillaba, salía corriendo la madre en enaguas, puesto que la hermana la había desnudado para proporcionarle aire mientras permanecía inconsciente; vio también cómo, a continuación, la madre corría hacia el padre y, en el camino, perdía una tras otra sus enaguas desatadas, y cómo tropezando con ellas, caía sobre el padre, y abrazándole, unida estrechamente a él -ya empezaba a fallarle la vista a Gregorio-, le suplicaba, cruzando las manos por detrás de su nuca, que perdonase la vida de Gregorio.

III

La grave herida de Gregorio, cuyos dolores soportó más de un mes -la manzana permaneció empotrada en la carne como recuerdo visible, ya que nadie se atrevía a retirarla-, pareció recordar, incluso al padre, que Gregorio, a pesar de su triste y repugnante forma actual, era un miembro de la familia, a quien no podía tratarse como a un enemigo, sino frente al cual el deber familiar era aguantarse la repugnancia y resignarse, nada más que resignarse.

Y si Gregorio ahora, por culpa de su herida, probablemente había perdido agilidad para siempre, y por lo pronto necesitaba para cruzar su habitación como un viejo inválido largos minutos - no se podía ni pensar en arrastrarse por las alturas-, sin embargo, en compensación por este empeoramiento de su estado, recibió, en su opinión, una reparación más que suficiente: hacia el anochecer se abría la puerta del cuarto de estar, la cual solía observar fijamente ya desde dos horas antes, de forma que, tumbado en la oscuridad de su habitación, sin ser visto desde el comedor, podía ver a toda la familia en la mesa iluminada y podía escuchar sus conversaciones, en cierto modo con el consentimiento general, es decir, de una forma completamente distinta a como había sido hasta ahora.

Naturalmente, ya no se trataba de las animadas conversaciones de antaño, en las que Gregorio, desde la habitación de su hotel, siempre había pensado con cierta nostalgia cuando, cansado, tenía que meterse en la cama húmeda. La mayoría de las veces transcurría el tiempo en silencio. El padre no tardaba en dormirse en la silla después de la cena, y la madre y la hermana se recomendaban mutuamente silencio; la madre, inclinada muy por debajo de la luz, cosía ropa fina para un comercio de moda; la hermana, que había aceptado un trabajo como dependienta, estudiaba por la noche estenografía y francés, para conseguir, quizá más tarde, un puesto mejor. A veces el padre se despertaba y, como si no supiera que había dormido, decía a la madre: «¡Cuánto coses hoy también!», e inmediatamente volvía a dormirse mientras la madre y la hermana se sonreían mutuamente.

Por una especie de obstinación, el padre se negaba a quitarse el uniforme mientras estaba en casa; y mientras la bata colgaba inútilmente de la percha, dormitaba el padre en su asiento, completamente vestido, como si siempre estuviese preparado para el servicio e incluso en casa esperase también la voz de su superior. Como consecuencia, el uniforme, que no era nuevo ya en un principio, empezó a ensuciarse a pesar del cuidado de la madre y de la hermana. Gregorio se pasaba con frecuencia tardes enteras mirando esta brillante ropa, completamente manchada, con sus botones dorados siempre limpios, con la que el anciano dormía muy incómodo y, sin embargo, tranquilo.

En cuanto el reloj daba las diez, la madre intentaba despertar al padre en voz baja y convencerle para que se fuese a la cama, porque éste no era un sueño auténtico y el padre tenía necesidad de él, porque tenía que empezar a trabajar a las seis de la mañana. Pero con la obstinación que se había apoderado de él desde que se había convertido en ordenanza, insistía en quedarse más tiempo a la mesa, a pesar de que, normalmente, se quedaba dormido y, además, sólo con grandes esfuerzos podía convencérsele de que cambiase la silla por la cama. Ya podían la madre y la hermana insistir con pequeñas amonestaciones, durante un cuarto de hora daba cabezadas lentamente, mantenía los ojos cerrados y no se levantaba. La madre le tiraba del brazo, diciéndole al oído palabras cariñosas, la hermana abandonaba su trabajo para ayudar a la madre, pero esto no tenía efecto sobre el padre. Se hundía más profundamente en su silla. Sólo cuando las mujeres lo cogían por debajo de los hombros, abría los ojos, miraba alternativamente a la madre y a la hermana, y solía decir: «¡Qué vida ésta! ¡Ésta es la tranquilidad de mis últimos días!», y apoyado sobre las dos mujeres se levantaba pesadamente, como si él mismo fuese su más pesada carga, se dejaba llevar por ellas hasta la puerta, allí les hacía una señal de que no las necesitaba, y continuaba solo, mientras que la madre y la hermana dejaban apresuradamente su costura y su pluma para correr tras el padre y continuar ayudándolo.

¿Quién en esta familia, agotada por el trabajo y rendida de cansancio, iba a tener más tiempo del necesario para ocuparse de Gregorio? El presupuesto familiar se reducía cada vez más, la criada acabó por ser despedida. Una asistenta gigantesca y huesuda, con el pelo blanco y desgreñado, venía por la mañana y por la noche, y hacía el trabajo más pesado; todo lo demás lo hacía la madre, además de su mucha costura. Ocurrió incluso el caso de que varias joyas de la familia, que la madre y la hermana habían lucido entusiasmadas en reuniones y fiestas, hubieron de ser vendidas, según se enteró Gregorio por la noche por la conversación acerca del precio conseguido. Pero el mayor motivo de queja era que no se podía dejar esta casa, que resultaba demasiado grande en las circunstancias presentes, ya que no sabían cómo se podía trasladar a Gregorio. Pero Gregorio comprendía que no era sólo la consideración hacia él lo que impedía un traslado, porque se le hubiera podido transportar fácilmente en un cajón apropiado con un par de agujeros para el aire; lo que, en primer lugar, impedía a la familia un cambio de casa era, aún más, la desesperación total y la idea de que habían sido azotados por una desgracia como no había igual en todo su círculo de parientes y amigos. Todo lo que el mundo exige de la gente pobre lo cumplían ellos hasta la saciedad: el padre iba a buscar el desayuno para el pequeño empleado de banco, la madre se sacrificaba por la ropa de gente extraña, la hermana, a la orden de los clientes, corría de un lado para otro detrás del mostrador, pero las fuerzas de la familia ya no daban para más. La herida de la espalda comenzaba otra vez a dolerle a Gregorio como recién hecha cuando la madre y la hermana, después de haber llevado al padre a la cama, regresaban, dejaban a un lado el trabajo, se acercaban una a otra, sentándose muy juntas. Entonces la madre, señalando hacia la habitación de Gregorio, decía: «Cierra la puerta, Greta», y cuando Gregorio se encontraba de nuevo en la oscuridad, fuera las mujeres confundían sus lágrimas o simplemente miraban fijamente a la mesa sin llorar.

Gregorio pasaba las noches y los días casi sin dormir. A veces pensaba que la próxima vez que se abriese la puerta él se haría cargo de los asuntos de la familia como antes; en su mente aparecieron de nuevo, después de mucho tiempo, el jefe y el encargado; los dependientes y los aprendices; el mozo de los recados, tan corto de luces; dos, tres amigos de otros almacenes; una camarera de un hotel de provincias; un recuerdo amado y fugaz: una cajera de una tienda de sombreros a quien había hecho la corte seriamente, pero con demasiada lentitud; todos ellos aparecían mezclados con gente extraña o ya olvidada, pero en lugar de ayudarle a él y a su familia, todos ellos eran inaccesibles, y Gregorio se sentía aliviado cuando desaparecían. Pero después ya no estaba de humor para preocuparse por su familia, solamente sentía rabia por el mal cuidado de que era objeto y, a pesar de que no podía imaginarse algo que le hiciese sentir apetito, hacía planes sobre cómo podría llegar a la despensa para tomar de allí lo que quisiese, incluso aunque no tuviese hambre alguna. Sin pensar más en qué es lo que podría gustar a Gregorio, la hermana, por la mañana y al mediodía, antes de marcharse a la tienda, empujaba apresuradamente con el pie cualquier comida en la habitación de Gregorio, para después recogerla por la noche con el palo de la escoba, tanto si la comida había sido probada como si -y éste era el caso más frecuente- ni siquiera hubiera sido tocada. Recoger la habitación, cosa que ahora hacía siempre por la noche, no podía hacerse más deprisa. Franjas de suciedad se extendían por las paredes, por todas partes había ovillos de polvo y suciedad.

Al principio, cuando llegaba la hermana, Gregorio se colocaba en el rincón más significativamente sucio para, en cierto modo, hacerle reproches mediante esta posición. Pero seguramente hubiese podido permanecer allí semanas enteras sin que la hermana hubiese mejorado su actitud por ello; ella veía la suciedad lo mismo que él, pero se había decidido a dejarla allí. Al mismo tiempo, con una susceptibilidad completamente nueva en ella y que, en general, se había apoderado de toda la familia, ponía especial atención en el hecho de que se reservase solamente a ella el cuidado de la habitación de Gregorio. En una ocasión la madre había sometido la habitación de Gregorio a una gran limpieza, que había logrado solamente después de utilizar varios cubos de agua -la humedad, sin embargo, también molestaba a

Gregorio, que yacía extendido, amargado e inmóvil sobre el canapé-, pero el castigo de la madre no se hizo esperar, porque apenas había notado la hermana por la tarde el cambio en la habitación de Gregorio, cuando, herida en lo más profundo de sus sentimientos, corrió al cuarto de estar y, a pesar de que la madre suplicaba con las manos levantadas, rompió en un mar de lágrimas, que los padres -el padre se despertó sobresaltado en su silla-, al principio, observaban asombrados y sin poder hacer nada, hasta que, también ellos, comenzaron a sentirse conmovidos. El padre, a su derecha, reprochaba a la madre que no hubiese dejado al cuidado de la hermana la limpieza de la habitación de Gregorio; a su izquierda, decía a gritos a la hermana que nunca más volvería a limpiar la habitación de Gregorio. Mientras que la madre intentaba llevar al dormitorio al padre, que no podía más de irritación, la hermana, sacudida por los sollozos, golpeaba la mesa con sus pequeños puños, y Gregorio silbaba de pura rabia porque a nadie se le ocurría cerrar la puerta para ahorrarle este espectáculo y este ruido.

Pero incluso si la hermana, agotada por su trabajo, estaba ya harta de cuidar de Gregorio como antes, tampoco la madre tenía que sustituirla y no era necesario que Gregorio hubiese sido abandonado, porque para eso estaba la asistenta. Esa vieja viuda, que en su larga vida debía haber superado lo peor con ayuda de su fuerte constitución, no sentía repugnancia alguna por Gregorio. Sin sentir verdadera curiosidad, una vez había abierto por casualidad la puerta de la habitación de Gregorio y, al verle, se quedó parada, asombrada con los brazos cruzados, mientras éste, sorprendido y a pesar de que nadie le perseguía, comenzó a correr de un lado a otro.

Desde entonces no perdía la oportunidad de abrir un poco la puerta por la mañana y por la tarde para echar un vistazo a la habitación de Gregorio. Al principio le llamaba hacia ella con palabras que, probablemente, consideraba amables, como: «¡Ven aquí, viejo escarabajo pelotero!» o «¡Miren al viejo escarabajo pelotero!» Gregorio no contestaba nada a tales llamadas, sino que permanecía inmóvil en su sitio, como si la puerta no hubiese sido abierta. ¡Si se le hubiese ordenado a esa asistenta que limpiase diariamente la habitación en lugar de dejar que le molestase inútilmente a su antojo! Una vez, por la mañana temprano -una intensa lluvia golpeaba los cristales, quizá como signo de la primavera que ya se acercaba- cuando la asistenta empezó otra vez con sus improperios, Gregorio se enfureció tanto que se dio la vuelta hacia ella como para atacarla, pero de forma lenta y débil. Sin embargo, la asistenta, en vez de asustarse, alzó simplemente una silla, que se encontraba cerca de la puerta, y, tal como permanecía allí, con la boca completamente abierta, estaba clara su intención de cerrar la boca sólo cuando la silla que tenía en la mano acabase en la espalda de Gregorio.

-¿Conque no seguimos adelante? -preguntó, al ver que Gregorio se daba de nuevo la vuelta, y volvió a colocar la silla tranquilamente en el rincón.

Gregorio ya no comía casi nada. Sólo si pasaba por casualidad al lado de la comida tomaba un bocado para jugar con él en la boca, lo mantenía allí horas y horas y, la mayoría de las veces acababa por escupirlo. Al principio pensó que lo que le impedía comer era la tristeza por el estado de su habitación, pero precisamente con los cambios de la habitación se reconcilió muy pronto. Se habían acostumbrado a meter en esta habitación cosas que no podían colocar en otro sitio, y ahora había muchas cosas de éstas, porque una de las habitaciones de la casa había sido alquilada a tres huéspedes. Estos señores tan severos -los tres tenían barba, según pudo comprobar Gregorio por una rendija de la puerta- ponían especial atención en el orden, no sólo ya de su habitación, sino de toda la casa, puesto que se habían instalado aquí, y especialmente en el orden de la cocina. No soportaban trastos inútiles ni mucho menos sucios. Además, habían traído una gran parte de sus propios muebles. Por ese motivo sobraban muchas cosas que no se podían vender ni tampoco se querían tirar. Todas estas cosas acababan en la habitación de Gregorio. Lo mismo ocurrió con el cubo de la ceniza y el cubo de la basura de la cocina. La asistenta, que siempre tenía mucha prisa, arrojaba simplemente en la habitación de Gregorio todo lo que, de momento, no servía; por suerte, Gregorio sólo veía, la mayoría de las veces, el objeto correspondiente y la mano que lo sujetaba. La asistenta tenía, quizá, la intención de recoger de nuevo las cosas cuando hubiese tiempo y oportunidad, o quizá tirarlas todas de una vez, pero lo cierto es que todas se quedaban tiradas en el mismo lugar en que habían caído al arrojarlas, a no ser que Gregorio se moviese por entre los trastos y los pusiese en movimiento, al principio obligado a ello porque no había sitio libre para arrastrarse, pero más tarde con creciente satisfacción, a pesar de que después de tales paseos acababa mortalmente agotado y triste, y durante horas permanecía inmóvil.

Como los huéspedes a veces tomaban la cena en el cuarto de estar, la puerta permanecía algunas noches cerrada, pero Gregorio renunciaba gustoso a abrirla, incluso algunas noches en las que había estado abierta no se había aprovechado de ello, sino que, sin que la familia lo notase, se había tumbado en el rincón más oscuro de la habitación. Pero en una ocasión la asistenta había dejado un poco abierta la puerta que daba al cuarto de estar y se quedó abierta incluso cuando los huéspedes llegaron y se dio la luz. Se sentaban a la mesa en los mismos sitios en que antes habían comido el padre, la madre y Gregorio, desdoblaban las servilletas y tomaban en la mano cuchillo y tenedor. Al momento aparecía por la puerta la madre con una fuente de carne, y poco después lo hacía la hermana con una fuente llena de patatas. La comida humeaba. Los huéspedes se inclinaban sobre las fuentes que había ante ellos como si quisiesen examinarlas antes de comer, y, efectivamente, el señor que estaba sentado en medio y que parecía ser el que más autoridad tenía de los tres, cortaba un trozo de carne en la misma fuente con el fin de comprobar si estaba lo suficientemente tierna, o quizá tenía que ser devuelta a la cocina. La prueba le satisfacía, la madre y la hermana, que habían observado todo con impaciencia, comenzaban a sonreír respirando profundamente.

La familia comía en la cocina. A pesar de ello, el padre, antes de entrar en ésta, entraba en la habitación y con una sola reverencia y la gorra en la mano, daba una vuelta a la mesa. Los huéspedes se levantaban y murmuraban algo para el cuello de su camisa. Cuando ya estaban solos, comían casi en absoluto silencio. A Gregorio le parecía extraño el hecho de que, de todos los variados ruidos de la comida, una y otra vez se escuchasen los dientes al masticar, como si con ello quisieran mostrarle a Gregorio que para comer se necesitan los dientes y que, aun con las más hermosas mandíbulas, sin dientes no se podía conseguir nada.

-Pero si yo no tengo apetito -se decía Gregorio preocupado-, pero me apetecen estas cosas. ¡Cómo comen los huéspedes y yo me muero!

Precisamente aquella noche -Gregorio no se acordaba de haberlo oído en todo el tiempo- se escuchó el violín. Los huéspedes ya habían terminado de cenar, el de en medio había sacado un periódico, les había dado una hoja a cada uno de los otros dos, y los tres fumaban y leían echados hacia atrás. Cuando el violín comenzó a sonar escucharon con atención, se levantaron y, de puntillas, fueron hacia la puerta del vestíbulo, en la que permanecieron quietos de pie, apretados unos junto a otros. Desde la cocina se les debió oír, porque el padre gritó:

-¿Les molesta a los señores la música? Inmediatamente puede dejar de tocarse.

-Al contrario -dijo el señor de en medio-. ¿No desearía la señorita entrar con nosotros y tocar aquí en la habitación, donde es mucho más cómodo y agradable?

-Naturalmente -exclamó el padre, como si el violinista fuese él mismo.

Los señores regresaron a la habitación y esperaron. Pronto llegó el padre con el atril, la madre con la partitura y la hermana con el violín. La hermana preparó con tranquilidad todo lo necesario para tocar. Los padres, que nunca antes habían alquilado habitaciones, y por ello exageraban la amabilidad con los huéspedes, no se atrevían a sentarse en sus propias sillas; el padre se apoyó en la puerta, con la mano derecha colocada entre dos botones de la librea abrochada; a la madre le fue ofrecida una silla por uno de los señores y, como la dejó en el lugar en el que, por casualidad, la había colocado el señor, permanecía sentada en un rincón apartado.

La hermana empezó a tocar; el padre y la madre, cada uno desde su lugar, seguían con atención los movimientos de sus manos; Gregorio, atraído por la música, había avanzado un poco hacia delante y ya tenía la cabeza en el cuarto de estar. Ya apenas se extrañaba de que en los últimos tiempos no tenía consideración con los demás; antes estaba orgulloso de tener esa consideración y, precisamente ahora, hubiese tenido mayor motivo para esconderse, porque, como consecuencia del polvo que reinaba en su habitación, y que volaba por todas partes al menor movimiento, él mismo estaba también lleno de polvo. Sobre su espalda y sus costados arrastraba consigo por todas partes hilos, pelos, restos de comida... Su indiferencia hacia todo era demasiado grande como para tumbarse sobre su espalda y restregarse contra la alfombra, tal como hacía antes varias veces al día. Y, a pesar de este estado, no sentía vergüenza alguna de avanzar por el suelo impecable del comedor.

Por otra parte, nadie le prestaba atención. La familia estaba completamente absorta en la música del violín; por el contrario, los huéspedes, que al principio, con las manos en los bolsillos, se habían colocado demasiado cerca detrás del atril de la hermana, de forma que podrían haber leído la partitura, lo cual sin duda tenía que estorbar a la hermana, hablando a media voz, con las cabezas inclinadas, se retiraron pronto hacia la ventana, donde permanecieron observados por el padre con preocupación. Realmente daba a todas luces la impresión de que habían sido decepcionados en su suposición de escuchar una pieza bella o divertida al violín, de que estaban hartos de la función y sólo permitían que se les molestase por amabilidad. Especialmente la forma en que echaban a lo alto el humo de los cigarrillos por la boca y por la nariz denotaba gran nerviosismo. Y, sin embargo, la hermana tocaba tan bien... Su rostro estaba inclinado hacia un lado, atenta y tristemente seguían sus ojos las notas del pentagrama. Gregorio avanzó un poco más y mantenía la cabeza pegada al suelo para, quizá, poder encontrar sus miradas. ¿Es que era ya una bestia a la que le emocionaba la música?

Le parecía como si se le mostrase el camino hacia el desconocido y anhelado alimento. Estaba decidido a acercarse hasta la hermana, tirarle de la falda y darle así a entender que ella podía entrar con su violín en su habitación porque nadie podía recompensar su música como él quería hacerlo. No quería dejarla salir nunca de su habitación, al menos mientras él viviese; su horrible forma le sería útil por primera vez; quería estar a la vez en todas las puertas de su habitación y tirarse a los que le atacasen; pero la hermana no debía quedarse con él por la fuerza, sino por su propia voluntad; debería sentarse junto a él sobre el canapé, inclinar el oído hacia él, y él deseaba confiarle que había tenido la firme intención de enviarla al conservatorio y que si la desgracia no se hubiese cruzado en su camino la Navidad pasada - probablemente la Navidad ya había pasado- se lo hubiese dicho a todos sin preocuparse de réplica alguna. Después de esta confesión, la hermana estallaría en lágrimas de emoción y Gregorio se levantaría hasta su hombro y le daría un beso en el cuello, que, desde que iba a la tienda, llevaba siempre al aire sin cintas ni adornos.

-¡Señor Samsa! -gritó el señor de en medio al padre y señaló, sin decir una palabra más, con el índice hacia Gregorio, que avanzaba lentamente. El violín enmudeció. En un principio el huésped de en medio sonrió a sus amigos moviendo la cabeza y, a continuación, miró hacia Gregorio. El padre, en lugar de echar a Gregorio, consideró más necesario, ante todo, tranquilizar a los huéspedes, a pesar de que ellos no estaban nerviosos en absoluto y Gregorio parecía distraerles más que el violín. Se precipitó hacia ellos e intentó, con los brazos abiertos, empujarles a su habitación y, al mismo tiempo, evitar con su cuerpo que pudiesen ver a Gregorio. Ciertamente se enfadaron un poco, no se sabía ya si por el comportamiento del padre, o porque ahora se empezaban a dar cuenta de que, sin saberlo, habían tenido un vecino como Gregorio. Exigían al padre explicaciones, levantaban los brazos, se tiraban intranquilos de la barba y, muy lentamente, retrocedían hacia su habitación.

Entre tanto, la hermana había superado el desconcierto en que había caído después de interrumpir su música de una forma tan repentina, había reaccionado de pronto, después de que durante unos momentos había sostenido en las manos caídas con indolencia el violín y el arco, y había seguido mirando la partitura como si todavía tocase, había colocado el instrumento en el regazo de la madre, que todavía seguía sentada en su silla con dificultades para respirar y agitando violentamente los pulmones, y había corrido hacia la habitación de al lado, a la que los huéspedes se acercaban cada vez más deprisa ante la insistencia del padre. Se veía cómo, gracias a las diestras manos de la hermana, las mantas y almohadas de las camas volaban hacia lo alto y se ordenaban. Antes de que los señores hubiesen llegado a la habitación, había terminado de hacer las camas y se había escabullido hacia fuera. El padre parecía estar hasta tal punto dominado por su obstinación, que olvidó todo el respeto que, ciertamente, debía a sus huéspedes. Sólo les empujaba y les empujaba hasta que, ante la puerta de la habitación, el señor de en medio dio una patada atronadora contra el suelo y así detuvo al padre.

-Participo a ustedes -dijo, levantando la mano y buscando con sus miradas también a la madre y a la hermana- que, teniendo en cuenta las repugnantes circunstancias que reinan en esta casa y en esta familia -en este punto escupió decididamente sobre el suelo-, en este preciso instante dejo la habitación. Por los días que he vivido aquí no pagaré, naturalmente, lo más mínimo: por el contrario, me pensaré si no procedo contra ustedes con algunas reclamaciones muy fáciles, créanme, de justificar.

Calló y miró hacia delante como si esperase algo. En efecto, sus dos amigos intervinieron inmediatamente con las siguientes palabras:

-También nosotros dejamos en este momento la habitación.

A continuación agarró el picaporte y cerró la puerta de un portazo. El padre se tambaleaba tanteando con las manos en dirección a su silla y se dejó caer en ella. Parecía como si se preparase para su acostumbrada siestecita nocturna, pero la profunda inclinación de su cabeza, abatida como si nada la sostuviese, mostraba que de ninguna manera dormía. Gregorio yacía todo el tiempo en silencio en el mismo sitio en que le habían descubierto los huéspedes. La decepción por el fracaso de sus planes, pero quizá también la debilidad causada por el hambre que pasaba, le impedían moverse. Temía con cierto fundamento que dentro de unos momentos se desencadenase sobre él una tormenta general, y esperaba. Ni siquiera se sobresaltó con el ruido del violín que, por entre los temblorosos dedos de la madre, se cayó de su regazo y produjo un sonido retumbante.

-Queridos padres -dijo la hermana y, como introducción, dio un golpe sobre la mesa-, esto no puede seguir así. Si ustedes no se dan cuenta, yo sí me doy. No quiero, ante esta bestia, pronunciar el nombre de mi hermano, y por eso solamente digo: tenemos que intentar quitárnoslo de encima. Hemos hecho todo lo humanamente posible por cuidarlo y aceptarlo; creo que nadie puede hacernos el menor reproche.

-Tienes razón una y mil veces -dijo el padre para sus adentros. La madre, que aún no tenía aire suficiente, comenzó a toser sordamente sobre la mano que tenía ante la boca, con una expresión de enajenación en los ojos.

La hermana corrió hacia la madre y le sujetó la frente. El padre parecía estar enfrascado en determinados pensamientos; gracias a las palabras de la hermana, se había sentado más derecho, jugueteaba con su gorra por entre los platos, que desde la cena de los huéspedes seguían en la mesa, y miraba de vez en cuando a Gregorio, que permanecía en silencio.

-Tenemos que intentar quitárnoslo de encima -dijo entonces la hermana, dirigiéndose sólo al padre, porque la madre, con su tos, no oía nada-. Los va a matar a los dos, ya lo veo venir. Cuando hay que trabajar tan duramente como lo hacemos nosotros no se puede, además, soportar en casa este tormento sin fin. Yo tampoco puedo más- y rompió a llorar de una forma tan violenta, que sus lágrimas caían sobre el rostro de la madre, la cual las secaba mecánicamente con las manos.

-Pero hija -dijo el padre compasivo y con sorprendente comprensión-. ¡Qué podemos hacer!

Pero la hermana sólo se encogió de hombros como signo de la perplejidad que, mientras lloraba, se había apoderado de ella, en contraste con su seguridad anterior.

-Sí él nos entendiese... -dijo el padre en tono medio interrogante.

La hermana, en su llanto, movió violentamente la mano como señal de que no se podía ni pensar en ello.

-Sí él nos entendiese... -repitió el padre, y cerrando los ojos hizo suya la convicción de la hermana acerca de la imposibilidad de ello-, entonces sería posible llegar a un acuerdo con él, pero así...

-Tiene que irse -exclamó la hermana-, es la única posibilidad, padre. Sólo tienes que desechar la idea de que se trata de Gregorio. El haberlo creído durante tanto tiempo ha sido nuestra auténtica desgracia, pero ¿cómo es posible que sea Gregorio? Si fuese Gregorio hubiese comprendido hace tiempo que una convivencia entre personas y semejante animal no es posible, y se hubiese marchado por su propia voluntad: ya no tendríamos un hermano, pero podríamos continuar viviendo y conservaríamos su recuerdo con honor. Pero esta bestia nos persigue, echa a los huéspedes, quiere, evidentemente, adueñarse de toda la casa y dejar que pasemos la noche en la calle. ¡Mira, padre -gritó de repente-, ya empieza otra vez!

Y con un miedo completamente incomprensible para Gregorio, la hermana abandonó incluso a la madre, se arrojó literalmente de su silla, como si prefiriese sacrificar a la madre antes de permanece cerca de Gregorio, y se precipitó detrás del padre que, principalmente irritado por su comportamiento, se puso también en pie y levantó los brazos a media altura por delante de la hermana para protegerla.

Pero Gregorio no pretendía, ni por lo más remoto, asustar a nadie, ni mucho menos a la hermana. Solamente había empezado a darse la vuelta para volver a su habitación y esto llamaba la atención, ya que, como consecuencia de su estado enfermizo, para dar tan difíciles vueltas tenía que ayudarse con la cabeza, que levantaba una y otra vez y que golpeaba contra el suelo. Se detuvo y miró a su alrededor; su buena intención pareció ser entendida; sólo había sido un susto momentáneo, ahora todos lo miraban tristes y en silencio. La madre yacía en su silla con las piernas extendidas y apretadas una contra otra, los ojos casi se le cerraban de puro agotamiento. El padre y la hermana estaban sentados uno junto a otro, y la hermana había colocado su brazo alrededor del cuello del padre.

«Quizá pueda darme la vuelta ahora», pensó Gregorio, y empezó de nuevo su actividad. No podía contener los resuellos por el esfuerzo y de vez en cuando tenía que descansar. Por lo demás, nadie le apremiaba, se le dejaba hacer lo que quisiera. Cuando hubo dado la vuelta del todo comenzó enseguida a retroceder todo recto... Se asombró de la gran distancia que le separaba de su habitación y no comprendía cómo, con su debilidad, hacía un momento había recorrido el mismo camino sin notarlo. Concentrándose constantemente en avanzar con rapidez, apenas se dio cuenta de que ni una palabra, ni una exclamación de su familia le molestaba. Cuando ya estaba en la puerta volvió la cabeza, no por completo, porque notaba que el cuello se le ponía rígido, pero sí vio aún que tras de él nada había cambiado, sólo la hermana se había levantado. Su última mirada acarició a la madre que, por fin, se había quedado profundamente dormida. Apenas entró en su habitación se cerró la puerta y echaron la llave.

Gregorio se asustó tanto del repentino ruido producido detrás de él, que las patitas se le doblaron. Era la hermana quien se había apresurado tanto. Había permanecido en pie allí y había esperado, con ligereza había saltado hacia delante, Gregorio ni siquiera la había oído venir, y gritó un «¡Por fin!» a los padres mientras echaba la llave.

«¿Y ahora?», se preguntó Gregorio, y miró a su alrededor en la oscuridad.

Pronto descubrió que ya no se podía mover. No se extrañó por ello, más bien le parecía antinatural que, hasta ahora, hubiera podido moverse con estas patitas. Por lo demás, se sentía relativamente a gusto. Bien es verdad que le dolía todo el cuerpo, pero le parecía como si los dolores se hiciesen más y más débiles y, al final, desapareciesen por completo. Apenas sentía ya la manzana podrida de su espalda y la infección que producía a su alrededor, cubiertas ambas por un suave polvo. Pensaba en su familia con cariño y emoción, su opinión de que tenía que desaparecer era, si cabe, aún más decidida que la de su hermana. En este estado de apacible y letárgica meditación permaneció hasta que el reloj de la torre dio las tres de la madrugada. Vivió todavía el comienzo del amanecer detrás de los cristales. A continuación, contra su voluntad, su cabeza se desplomó sobre el suelo y sus orificios nasales exhalaron el último suspiro.

Cuando, por la mañana temprano, llegó la asistenta -de pura fuerza y prisa daba tales portazos que, aunque repetidas veces se le había pedido que procurase evitarlo, desde el momento de su llegada era ya imposible concebir el sueño en toda la casa- en su acostumbrada y breve visita a Gregorio nada le llamó al principio la atención. Pensaba que estaba allí tumbado tan inmóvil a propósito y se hacía el ofendido, le creía capaz de tener todo el entendimiento posible. Como tenía por casualidad la larga escoba en la mano, intentó con ella hacer cosquillas a Gregorio desde la puerta. Al no conseguir nada con ello, se enfadó, y pinchó a Gregorio ligeramente, y sólo cuando, sin que él opusiese resistencia, le había movido de su sitio, le prestó atención. Cuando se dio cuenta de las verdaderas circunstancias abrió mucho los ojos, silbó para sus adentros, pero no se entretuvo mucho tiempo, sino que abrió de par en par las puertas del dormitorio y exclamó en voz alta hacia la oscuridad.

-¡Fíjense, ha reventado, ahí está, ha reventado del todo!

El matrimonio Samsa estaba sentado en la cama e intentaba sobreponerse del susto de la asistenta antes de llegar a comprender su aviso. Pero después, el señor y la señora Samsa, cada uno por su lado, se bajaron rápidamente de la cama. El señor Samsa se echó la colcha por los hombros, la señora Samsa apareció en camisón, así entraron en la habitación de Gregorio. Entre tanto, también se había abierto la puerta del cuarto de estar, en donde dormía Greta desde la llegada de los huéspedes; estaba completamente vestida, como si no hubiese dormido, su rostro pálido parecía probarlo.

-¿Muerto? -dijo la señora Samsa, y levantó los ojos con gesto interrogante hacia la asistenta a pesar de que ella misma podía comprobarlo e incluso podía darse cuenta de ello sin necesidad de comprobarlo

-Digo, ¡ya lo creo! -dijo la asistenta y, como prueba, empujó el cadáver de Gregorio con la escoba un buen trecho hacia un lado. La señora Samsa hizo un movimiento como si quisiera detener la escoba, pero no lo hizo.

-Bueno -dijo el señor Samsa-, ahora podemos dar gracias a Dios -se santiguó y las tres mujeres siguieron su ejemplo.

Greta, que no apartaba los ojos del cadáver, dijo:

-Miren qué flaco estaba, ya hacía mucho tiempo que no comía nada. Las comidas salían tal como entraban.

Efectivamente, el cuerpo de Gregorio estaba completamente plano y seco, sólo se daban realmente cuenta de ello ahora que ya no le levantaban sus patitas, y ninguna otra cosa distraía la mirada.

-Greta, ven un momento a nuestra habitación -dijo la señora Samsa con una sonrisa melancólica, y Greta fue al dormitorio detrás de los padres, no sin volver la mirada hacia el cadáver. La asistenta cerró la puerta y abrió del todo la ventana. A pesar de lo temprano de la mañana ya había una cierta tibieza mezclada con el aire fresco. Ya era finales de marzo.

Los tres huéspedes salieron de su habitación y miraron asombrados a su alrededor en busca de su desayuno; se habían olvidado de ellos:

-¿Dónde está el desayuno? -preguntó de mal humor el señor de en medio a la asistenta, pero ésta se colocó el dedo en la boca e hizo a los señores, apresurada y silenciosamente, señales con la mano para que fuesen a la habitación de Gregorio. Así pues, fueron y permanecieron en pie, con las manos en los bolsillos de sus chaquetas algo gastadas, alrededor del cadáver, en la habitación de Gregorio ya totalmente iluminada.

Entonces se abrió la puerta del dormitorio y el señor Samsa apareció vestido con su librea, de un brazo su mujer y del otro su hija. Todos estaban un poco llorosos; a veces Greta apoyaba su rostro en el brazo del padre.

-Salgan ustedes de mi casa inmediatamente -dijo el señor Samsa, y señaló la puerta sin soltar a las mujeres.

-¿Qué quiere usted decir? -dijo el señor de en medio algo a-turdido, y sonrió con cierta hipocresía. Los otros dos tenían las manos en la espalda y se las frotaban constantemente una contra otra, como si esperasen con alegría una gran pelea que tenía que resultarles favorable.

-Quiero decir exactamente lo que digo -contestó el señor Samsa, dirigiéndose con sus acompañantes hacia el huésped. Al principio éste se quedó allí en silencio y miró hacia el suelo, como si las cosas se dispusiesen en un nuevo orden en su cabeza.

-Pues entonces nos vamos -dijo después, y levantó los ojos hacia el señor Samsa como si, en un repentino ataque de humildad, le pidiese incluso permiso para tomar esta decisión.

El señor Samsa solamente asintió brevemente varias veces con los ojos muy abiertos. A continuación el huésped se dirigió, en efecto, a grandes pasos hacia el vestíbulo; sus dos amigos llevaban ya un rato escuchando con las manos completamente tranquilas y ahora daban verdaderos brincos tras de él, como si tuviesen miedo de que el señor Samsa entrase antes que ellos en el vestíbulo e impidiese el contacto con su guía. Ya en el vestíbulo, los tres cogieron sus sombreros del perchero, sacaron sus bastones de la bastonera, hicieron una reverencia en silencio y salieron de la casa. Con una desconfianza completamente in-fundada, como se demostraría después, el señor Samsa salió con las dos mujeres al rellano; apoyados sobre la barandilla veían cómo los tres, lenta pero constantemente, bajaban la larga escale-ra, en cada piso desaparecían tras un determinado recodo y vol-vían a aparecer a los pocos instantes. Cuanto más abajo estaban tanto más interés perdía la familia Samsa por ellos, y cuando un oficial carnicero, con la carga en la cabeza en una posición orgu-llosa, se les acercó de frente y luego, cruzándose con ellos, siguió subiendo, el señor Samsa abandonó la barandilla con las dos mujeres y todos regresaron aliviados a su casa.

Decidieron utilizar aquel día para descansar e ir de paseo; no solamente se habían ganado esta pausa en el trabajo, sino que, incluso, la necesitaban a toda costa. Así pues, se sentaron a la mesa y escribieron tres justificantes: el señor Samsa a su di-rección, la señora Samsa al señor que le daba trabajo, y Greta al dueño de la tienda. Mientras escribían entró la asistenta para decir que ya se marchaba porque había terminado su trabajo de por la mañana. Los tres que escribían solamente asintieron al principio sin levantar la vista; cuando la asistenta no daba señales de retirarse levantaron la vista enfadados.

-¿Qué pasa? -preguntó el señor Samsa.

La asistenta permanecía de pie junto a la puerta, como si quisiera participar a la familia un gran éxito, pero que sólo lo haría cuando la interrogaran con todo detalle. La pequeña pluma de avestruz colocada casi derecha sobre su sombrero, que, desde que estaba a su servicio, incomodaba al señor Samsa, se balanceaba suavemente en todas las direcciones.

-¿Qué es lo que quiere usted? -preguntó la señora Samsa que era, de todos, la que más respetaba la asistenta.

-Bueno- contestó la asistenta, y no podía seguir hablando de puro sonreír amablemente-, no tienen que preocuparse de cómo deshacerse de la cosa esa de al lado. Ya está todo arreglado.

La señora Samsa y Greta se inclinaron de nuevo sobre sus cartas, como si quisieran continuar escribiendo; el señor Samsa, que se dio cuenta de que la asistenta quería empezar a contarlo todo con todo detalle, lo rechazó decididamente con la mano extendida. Como no podía contar nada, recordó la gran prisa que tenía, gritó visiblemente ofendida: «¡Adiós a todos!», se dio la vuelta con rabia y abandonó la casa con un portazo tremendo.

-Esta noche la despido- dijo el señor Samsa, pero no recibió una respuesta ni de su mujer ni de su hija, porque la asistenta parecía haber turbado la tranquilidad apenas recién conseguida. Se levantaron, fueron hacia la ventana y permanecieron allí abrazadas. El señor Samsa se dio la vuelta en su silla hacia ellas y las observó en silencio un momento, luego las llamó:

-Vamos, vengan. Olviden de una vez las cosas pasadas y tengan un poco de consideración conmigo.

Las mujeres lo obedecieron enseguida, corrieron hacia él, lo acariciaron y terminaron rápidamente sus cartas. Después, los tres abandonaron la casa juntos, cosa que no habían hecho desde hacía meses, y se marcharon al campo, fuera de la ciudad, en el tranvía. El vehículo en el que estaban sentados solos estaba totalmente iluminado por el cálido sol. Recostados cómodamente en sus asientos, hablaron de las perspectivas para el futuro y llegaron a la conclusión de que, vistas las cosas más de cerca, no eran malas en absoluto, porque los tres trabajos, a este respecto todavía no se habían preguntado realmente unos a otros, eran sumamente buenos y, especialmente, muy prometedores para el futuro. Pero la gran mejoría inmediata de la situación tenía que producirse, naturalmente, con más facilidad con un cambio de casa; ahora querían cambiarse a una más pequeña y barata, pero mejor ubicada y, sobre todo, más práctica que la actual, que había sido escogida por Gregorio.

Mientras hablaban así, al señor y a la señora Samsa se les ocurrió casi al mismo tiempo, al ver a su hija cada vez más animada, que en los últimos tiempos, a pesar de las calamidades que habían hecho palidecer sus mejillas, se había convertido en una joven lozana y hermosa. Tornándose cada vez más silenciosos y entendiéndose casi inconscientemente con las miradas, pensaban que ya llegaba el momento de buscarle un buen marido, y para ellos fue como una confirmación de sus nuevos sueños y buenas intenciones cuando, al final de su viaje, fue la hija quien se levantó primero y estiró su cuerpo joven.

La partida

Ordené que trajeran mi caballo del establo. El sirviente no entendió mis órdenes. Así que fui al establo yo mismo, le puse silla a mi caballo y lo monté. A la distancia escuché el sonido de una trompeta y le pregunté al sirviente qué significaba.Él no sabía nada ni escuchó nada. En el portal me detuve y preguntó:

-¿Adónde va el patrón?

-No lo sé -le dije- simplemente fuera de aquí, simplemente fuera de aquí. Fuera de aquí, nada más, es la única manera en que puedo alcanzar mi meta.

-¿Así que usted conoce su meta? -preguntó.

-Sí -repliqué-te lo acabo de decir. Fuera de aquí, esa es mi meta.

La verdad sobre Sancho Panza

Sancho Panza, que por lo demás nunca se jactó de ello, logró, con el correr de los años, mediante la composición de una cantidad de novelas de caballería y de bandoleros, en horas del atardecer y de la noche, apartar a tal punto de sí a su demonio, al que luego dio el nombre de don Quijote, que este se lanzó irrefrenablemente a las más locas aventuras, las cuales empero, por falta de un objeto predeterminado, y que precisamente hubiese debido ser Sancho Panza, no hicieron daño a nadie. Sancho Panza, hombre libre, siguió impasible, quizás en razón de un cierto sentido de la responsabilidad, a don Quijote en sus andanzas, alcanzando con ello un grande y útil esparcimiento hasta su fin.

Las preocupaciones de un padre de familia

Algunos dicen que la palabra «odradek» precede del esloveno, y sobre esta base tratan de establecer su etimología. Otros, en cambio, creen que es de origen alemán, con alguna influencia del esloveno. Pero la incertidumbre de ambos supuestos despierta la sospecha de que ninguno de los dos sea correcto, sobre todo porque no ayudan a determinar el sentido de esa palabra.

Como es lógico, nadie se preocuparía por semejante investigación si no fuera porque existe realmente un ser llamado Odradek. A primera vista tiene el aspecto de un carrete de hilo en forma de estrella plana. Parece cubierto de hilo, pero más bien se trata de pedazos de hilo, de los tipos y colores más diversos, anudados o apelmazados entre sí. Pero no es únicamente un carrete de hilo, pues de su centro emerge un pequeño palito, al que está fijado otro, en ángulo recto. Con ayuda de este último, por un lado, y con una especie de prolongación que tiene uno de los radios, por el otro, el conjunto puede sostenerse como sobre dos patas.

Uno siente la tentación de creer que esta criatura tuvo, tiempo atrás, una figura más razonable y que ahora está rota. Pero éste no parece ser el caso; al menos, no encuentro ningún indicio de ello; en ninguna parte se ven huellas de añadidos o de puntas de rotura que pudieran darnos una pista en ese sentido; aunque el conjunto es absurdo, parece completo en sí. Y no es posible dar más detalles, porque Odradek es muy movedizo y no se deja atrapar.

Habita alternativamente bajo la techumbre, en escalera, en los pasillos y en el zaguán. A veces no se deja ver durante varios meses, como si se hubiese ido a otras casas, pero siempre vuelve a la nuestra. A veces, cuando uno sale por la puerta y lo descubre arrimado a la baranda, al pie de la escalera, entran ganas de hablar con él. No se le hacen preguntas difíciles, desde luego, porque, como es tan pequeño, uno lo trata como si fuera un niño.

-¿Cómo te llamas? -le pregunto.

-Odradek -me contesta.

-¿Y dónde vives?

-Domicilio indeterminado -dice y se ríe.

Es una risa como la que se podría producir si no se tuvieran pulmones. Suena como el crujido de hojas secas, y con ella suele concluir la conversación. A veces ni siquiera contesta y permanece tan callado como la madera de la que parece hecho.

En vano me pregunto qué será de él. ¿Acaso puede morir? Todo lo que muere debe haber tenido alguna razón be ser, alguna clase de actividad que lo ha desgastado. Y éste no es el caso de Odradek. ¿Acaso rodará algún día por la escalera, arrastrando unos hilos ante los pies de mis hijos y de los hijos de mis hijos? No parece que haga mal a nadie; pero casi me resulta dolorosa la idea de que me pueda sobrevivir.

¡Renuncia!

Era muy temprano por la mañana, las calles estaban limpias y vacías, yo iba a la estación. Al verificar la hora de mi reloj con la del reloj de una torre, vi que era mucho más tarde de lo que yo creía, tenía que darme mucha prisa; el sobresalto que produjo este descubrimiento me hizo perder la tranquilidad, no me orientaba todavía muy bien en aquella ciudad. Felizmente había un policía en las cercanías; fui hacia él y le pregunté, sin aliento, cuál era el camino. Sonrió y dijo:

-¿Por mí quieres conocer el camino?

-Sí ?dije-, ya que no puedo hallarlo por mí mismo.

-Renuncia, renuncia -dijo, y se volvió con gran ímpetu, como las gentes que quieren quedarse a solas con su risa.

Ser infeliz

Cuando ya eso se había vuelto insoportable -una vez al a-
tardecer, en noviembre-, y yo me deslizaba sobre la estrecha
alfombra de mi pieza como en una pista, estremecido por el
aspecto de la calle iluminada, me di vuelta otra vez, y en lo hondo
de la pieza, en el fondo del espejo, encontré no obstante un
nuevo objetivo, y grité, solamente por oír el grito al que nada
responde y al que tampoco nada le sustrae la fuerza de grito, que
por lo tanto sube sin contrapeso y no puede cesar aunque en-
mudezca; entonces desde la pared se abrió la puerta hacia afuera
así de rápido porque la prisa era, ciertamente, necesaria, e incluso
vi los caballos de los coches abajo, en el pavimento, se levantaron
como potros que, habiendo expuesto los cuellos al enemigo, se
hubiesen enfurecido en la batalla.

Cual pequeño fantasma, corrió una niña desde el pasillo
completamente oscuro, en el que todavía no alumbraba la lámpara, y se quedó en puntas de pie sobre una tabla del piso, la cual se
balanceaba levemente encandilada en seguida por la penumbra de
la pieza, quiso ocultar rápidamente la cara entre las manos, pero
de repente se calmó al mirar hacia la ventana, ante cuya cruz el
vaho de la calle se inmovilizó por fin bajo la oscuridad. Apoyando el codo en la pared de la pieza, se quedó erguida ante la puerta
abierta y dejó que la corriente de aire que venía de afuera se
moviese a lo largo de las articulaciones de los pies, también del
cuello, también de las sienes. Miré un poco en esa dirección,
después dije: "buenas tardes", y tomé mi chaqueta de la pantalla
de la estufa, porque no quería estarme allí parado, así, a medio
vestir. Durante un ratito mantuve la boca abierta para que la
excitación me abandonase por la boca. Tenía la saliva pesada; en
la cara me temblaban las pestañas. No me faltaba sino justamente
esta visita, esperada por cierto. La niña estaba todavía parada
contra la pared en el mismo lugar; apretaba la mano derecha
contra aquélla, y, con las mejillas encendidas, no le molestaba que
la pared pintada de blanco fuese ásperamente granulada y raspase
las puntas de sus dedos. Le dije:

-¿Es a mí realmente a quien quiere ver? ¿No es una equivoca-
ción? Nada más fácil que equivocarse en esta enorme casa. Yo
me llamo así y asá; vivo en el tercer piso. ¿Soy entonces yo a
quien usted desea visitar?

-¡Calma, calma! -dijo la niña por sobre el hombro-; ya todo está bien.

-Entonces entre más en la pieza. Yo querría cerrar la puerta.

-Acabo justamente de cerrar la puerta. No se moleste. Por sobre todo, tranquilícese.

-¡Ni hablar de molestias! Pero en este corredor vive un montón de gente. Naturalmente todos son conocidos míos. La mayoría viene ahora de sus ocupaciones. Si oyen hablar en una pieza creen simplemente tener el derecho de abrir y mirar qué pasa. Ya ocurrió una vez. Esta gente ya ha terminado su trabajo diario; ¿a quién soportarían en su provisoria libertad nocturna? Por lo demás, usted también ya lo sabe. Déjeme cerrar la puerta.

-¿Pero qué ocurre? ¿Qué le pasa? Por mí, puede entrar toda la casa. Y le recuerdo; ya he cerrado la puerta; créalo. ¿Solamente usted puede cerrar las puertas?

-Está bien, entonces. Más no quiero. De ninguna manera tendría que haber cerrado con la llave. Y ahora, ya que está aquí, póngase cómoda; usted es mi huésped. Tenga plena confianza en mí. Lo único importante es que no tema ponerse a sus anchas. No la obligaré a quedarse ni a irse. ¿Es que hace falta decírselo? ¿Tan mal me conoce?

-No. En realidad no tendría que haberlo dicho. Más todavía: no debería haberlo dicho. Soy una niña; ¿por qué molestarse tanto por mí?

-¡No es para tanto! Naturalmente, una niña. Pero tampoco es usted tan pequeña. Ya está bien crecidita. Si fuese una chica no habría podido encerrarse, así no más, conmigo en una pieza.

-Por eso no tenemos que preocuparnos. Solamente quería decir: no me sirve de mucho conocerle tan bien; sólo le ahorra a usted el esfuerzo de fingir un poco ante mí. De todos modos, no me venga con cumplidos. Dejemos eso, se lo pido, dejémoslo. Y a esto hay que agregar que no lo conozco en cualquier lugar y siempre, y de ninguna manera en esta oscuridad. Sería mucho mejor que encendiese la luz. No. Mejor no. De todos modos, seguiré teniendo en cuenta que ya me ha amenazado.

-¿Cómo? ¿Yo la amenacé? ¡Pero por favor! ¡Estoy tan contento de que por fin esté aquí! Digo "por fin" porque ya es tan tarde. No puedo entender por qué vino tan tarde. Además es posible que por la alegría haya hablado tan incongruentemente, y que usted lo haya interpretado justamente de esa manera. Concedo diez veces que he hablado así. Sí. La amenacé con todo lo que quiera. Una cosa: por el amor de Dios, ¡no discutamos! ¿Pero, cómo pudo creerlo? ¿Cómo pudo ofenderme así? ¿Por qué quiere arruinarme a la fuerza este pequeño momentito de presencia suya aquí? Un extraño sería más complaciente que usted.

-Lo creo. Eso no fue ninguna genialidad. Por naturaleza estoy tan cerca de usted cuanto un extraño pueda complacerle. También usted lo sabe. ¿A qué entonces esa tristeza? Diga mejor que está haciendo teatro y me voy al instante.

-¿Así? ¿También esto se atreve a decirme? Usted es un poco audaz. ¡En definitiva está en mi pieza! Se frota los dedos como loca en mi pared. ¡Mi pieza, mi pared! Además, lo que dice es ridículo, no sólo insolente. Dice que su naturaleza la fuerza a hablarme de esta forma. Su naturaleza es la mía, y si yo por naturaleza me comporto amablemente con usted, tampoco usted tiene derecho a obrar de otra manera.

-¿Es esto amable?

-Hablo de antes.

-¿Sabe usted cómo seré después?

-Nada sé yo.

Y me dirigí a la mesa de luz, en la que encendí una vela. Por aquel entonces no tenía en mi pieza luz eléctrica ni gas. Después me senté un rato a la mesa, hasta que también de eso me cansé. Me puse el sobretodo; tomé el sombrero que estaba en el sofá, y de un soplo apagué la vela. Al salir me tropecé con la pata de un sillón. En la escalera me encontré con un inquilino del mismo piso.

-¿Ya sale usted otra vez, bandido? -preguntó, descansando sobre sus piernas bien abiertas sobre dos escalones.

-¿Qué puedo hacer? -dije-. Acabo de recibir a un fantasma en mi pieza.

-Lo dice con el mismo descontento que si hubiese encontrado un pelo en la sopa.

-Usted bromea. Pero tenga en cuenta que un fantasma es un fantasma.

-Muy cierto: ¿pero cómo, si uno no cree absolutamente en fantasmas?

-¡Ajá! ¿Es que piensa usted que yo creo en fantasmas? ¿Pero de qué me sirve este no creer?

-Muy simple. Lo que debe hacer es no tener más miedo si un fantasma viene realmente a su pieza.

-Sí. Pero es que ése es el miedo secundario. El verdadero miedo es el miedo a la causa de la aparición. Y este miedo permanece, y lo tengo en gran forma dentro de mí.

De pura nerviosidad, empecé a registrar todos mis bolsillos.

-Ya que no tiene miedo de la aparición como tal, habría debido preguntarle tranquilamente por la causa de su venida.

-Evidentemente, usted todavía nunca ha hablado con fantasmas; jamás se puede obtener de ellos una información clara. Eso es un de aquí para allá. Estos fantasmas parecen dudar más que nosotros de su existencia, cosa que por lo demás, dada su fragilidad, no es de extrañar.

-Pero yo he oído decir que se les puede seducir.

-En ese punto está bien informado. Se puede. ¿Pero quién lo va a hacer?

-¿Por qué no? Si es un fantasma femenino, por ejemplo -dijo, y subió otro escalón.

-¡Ah, sí...! -dije-, pero aún así no vale la pena. Recapacité.

Mi vecino estaba ya tan alto que para verme tenía que agacharse por debajo de una arcada de la escalera.

-Pero no obstante -grité-, si usted ahí arriba me quita mi fantasma, rompemos relaciones para siempre.

-¡Pero si fue solamente una broma! -dijo, y retiró la cabeza.

-Entonces está bien -dije.

Y ahora sí que, a decir verdad, podría haber salido tranquilamente a pasear; pero como me sentí tan desolado preferí subir, y me eché a dormir.

Un artista del hambre

En los últimos decenios, el interés por los ayunadores ha disminuido muchísimo. Antes era un buen negocio organizar grandes exhibiciones de este género como espectáculo independiente, cosa que hoy, en cambio, es imposible del todo. Eran otros los tiempos. Entonces, toda la ciudad se ocupaba del ayunador; aumentaba su interés a cada día de ayuno; todos querían verlo siquiera una vez al día; en los últimos del ayuno no faltaba quien se estuviera días enteros sentado ante la pequeña jaula del ayunador; había, además, exhibiciones nocturnas, cuyo efecto era realzado por medio de antorchas; en los días buenos, se sacaba la jaula al aire libre, y era entonces cuando les mostraban el ayunador a los niños. Para los adultos aquello solía no ser más que una broma, en la que tomaban parte medio por moda; pero los niños, cogidos de las manos por prudencia, miraban asombrados y boquiabiertos a aquel hombre pálido, con camiseta oscura, de costillas salientes, que, desdeñando un asiento, permanecía tendido en la paja esparcida por el suelo, y saludaba, a veces, cortésmente o respondía con forzada sonrisa a las preguntas que se le dirigían o sacaba, quizá, un brazo por entre los hierros para hacer notar su delgadez, y volvía después a sumirse en su propio interior, sin preocuparse de nadie ni de nada, ni siquiera de la marcha del reloj, para él tan importante, única pieza de mobiliario que se veía en su jaula. Entonces se quedaba mirando al vacío, delante de sí, con ojos semicerrados, y sólo de cuando en cuando bebía en un diminuto vaso un sorbito de agua para humedecerse los labios.

Aparte de los espectadores que sin cesar se renovaban, había allí vigilantes permanentes, designados por el público (los cuales, y no deja de ser curioso, solían ser carniceros); siempre debían estar tres al mismo tiempo, y tenían la misión de observar día y noche al ayunador para evitar que, por cualquier recóndito método, pudiera tomar alimento. Pero esto era sólo una formalidad introducida para tranquilidad de las masas, pues los iniciados sabían muy bien que el ayunador, durante el tiempo del ayuno, en ninguna circunstancia, ni aun a la fuerza, tomaría la más mínima porción de alimento; el honor de su profesión se lo prohibía.

A la verdad, no todos los vigilantes eran capaces de comprender tal cosa; muchas veces había grupos de vigilantes nocturnos que ejercían su vigilancia muy débilmente, se juntaban adrede en cualquier rincón y allí se sumían en los lances de un juego de cartas con la manifiesta intención de otorgar al ayunador un pequeño respiro, durante el cual, a su modo de ver, podría sacar secretas provisiones, no se sabía de dónde. Nada atormentaba tanto al ayunador como tales vigilantes; lo atribulaban; le hacían espantosamente difícil su ayuno. A veces, sobreponíase a su debilidad y cantaba durante todo el tiempo que duraba aquella guardia, mientras le quedase aliento, para mostrar a aquellas gentes la injusticia de sus sospechas. Pero de poco le servía, porque entonces se admiraban de su habilidad que hasta le permitía comer mientras cantaba.

Muy preferibles eran, para él, los vigilantes que se pegaban a las rejas, y que, no contentándose con la turbia iluminación nocturna de la sala, le lanzaban a cada momento el rayo de las lámparas eléctricas de bolsillo que ponía a su disposición el empresario. La luz cruda no lo molestaba; en general no llegaba a dormir, pero quedar traspuesto un poco podía hacerlo con cualquier luz, a cualquier hora y hasta con la sala llena de una estrepitosa muchedumbre. Estaba siempre dispuesto a pasar toda la noche en vela con tales vigilantes; estaba dispuesto a bromear con ellos, a contarles historias de su vida vagabunda y a oír, en cambio, las suyas, sólo para mantenerse despierto, para poder mostrarles de nuevo que no tenía en la jaula nada comestible y que soportaba el hambre como no podría hacerlo ninguno de ellos. Pero cuando se sentía más dichoso era al llegar la mañana, y por su cuenta les era servido a los vigilantes un abundante desayuno, sobre el cual se arrojaban con el apetito de hombres robustos que han pasado una noche de trabajosa vigilia. Cierto que no faltaban gentes que quisieran ver en este desayuno un grosero soborno de los vigilantes, pero la cosa seguía haciéndose, y si se les preguntaba si querían tomar a su cargo, sin desayuno, la guardia nocturna, no renunciaban a él, pero conservaban siempre sus sospechas.

Pero éstas pertenecían ya a las sospechas inherentes a la profesión del ayunador. Nadie estaba en situación de poder pasar, ininterrumpidamente, días y noches como vigilante junto al ayunador; nadie, por tanto, podía saber por experiencia propia si realmente había ayunado sin interrupción y sin falta; sólo el ayunador podía saberlo, ya que él era, al mismo tiempo, un espectador de su hambre completamente satisfecho. Aunque, por otro motivo, tampoco lo estaba nunca. Acaso no era el ayuno la causa de su enflaquecimiento, tan atroz que muchos, con gran pena suya, tenían que abstenerse de frecuentar las exhibiciones por no poder sufrir su vista; tal vez su esquelética delgadez procedía de su descontento consigo mismo. Sólo él sabía -sólo él y ninguno de sus adeptos- qué fácil cosa era el suyo. Era la cosa más fácil del mundo. Verdad que no lo ocultaba, pero no le creían; en el caso más favorable, lo tomaban por modesto, pero, en general, lo juzgaban un reclamista, o un vil farsante para quien el ayuno era cosa fácil porque sabía la manera de hacerlo fácil y que tenía, además, el cinismo de dejarlo entrever. Había de aguantar todo esto, y, en el curso de los años, ya se había acostumbrado a ello; pero, en su interior, siempre le recomía este descontento y ni una sola vez, al fin de su ayuno -esta justicia había que hacérsela-, había abandonado su jaula voluntariamente.

El empresario había fijado cuarenta días como el plazo máximo de ayuno, más allá del cual no le permitía ayunar ni siquiera en las capitales de primer orden. Y no dejaba de tener sus buenas razones para ello. Según le había enseñado su experiencia, durante cuarenta días, valiéndose de toda suerte de anuncios que fueran concentrando el interés, podía quizá aguijonearse progresivamente la curiosidad de un pueblo; mas pasado este plazo, el público se negaba a visitarle, disminuía el crédito de que gozaba el artista del hambre. Claro que en este punto podían observarse pequeñas diferencias según las ciudades y las naciones; pero, por regla general, los cuarenta días eran el período de ayuno más dilatado posible. Por esta razón, a los cuarenta días era abierta la puerta de la jaula, ornada con una guirnalda de flores; un público entusiasmado llenaba el anfiteatro; sonaban los acordes de una banda militar, dos médicos entraban en la jaula para medir al ayunador, según normas científicas, y el resultado de la medición se anunciaba a la sala por medio de un altavoz; por último, dos señoritas, felices de haber sido elegidas para desempeñar aquel papel mediante sorteo, llegaban a la jaula y pretendían sacar de ella al ayunador y hacerle bajar un par de peldaños para conducirle ante una mesilla en la que estaba servida una comidita de enfermo cuidadosamente escogida. Y en este momento, el ayunador siempre se resistía.

Cierto que colocaba voluntariamente sus huesudos brazos en las manos que las dos damas, inclinadas sobre él, le tendían dispuestas a auxiliarle, pero no quería levantarse. ¿Por qué suspender el ayuno precisamente entonces, a los cuarenta días? Podía resistir aún mucho tiempo más, un tiempo ilimitado; ¿por qué cesar entonces, cuando estaba en lo mejor del ayuno? ¿Por qué arrebatarle la gloria de seguir ayunando, y no sólo la de llegar a ser el mayor ayunador de todos los tiempos, cosa que probablemente ya lo era, sino también la de sobrepujarse a sí mismo hasta lo inconcebible, pues no sentía límite alguno a su capacidad de ayunar? ¿Por qué aquella gente que fingía admirarlo tenía tan poca paciencia con él? Si aún podía seguir ayunando, ¿por qué no querían permitírselo? Además, estaba cansado, se hallaba muy a gusto tendido en la paja, y ahora tenía que ponerse en pie cuan largo era, y acercarse a una comida, cuando con sólo pensar en ella sentía náuseas que contenía difícilmente por respeto a las damas. Y alzaba la vista para mirar los ojos de las señoritas, en apariencia tan amables, en realidad tan crueles, y movía después negativamente, sobre su débil cuello, la cabeza, que le pesaba como si fuese de plomo. Pero entonces ocurría lo de siempre; ocurría que se acercaba el empresario silenciosamente -con la música no se podía hablar-, alzaba los brazos sobre el ayunador, como si invitara al cielo a contemplar el estado en que se encontraba, sobre el montón de paja, aquel mártir digno de compasión, cosa que el pobre hombre, aunque en otro sentido, lo era; agarraba al ayunador por la sutil cintura, tomando al hacerlo exageradas precauciones, como si quisiera hacer creer que tenía entre las manos algo tan quebradizo como el vidrio; y, no sin darle una disimulada sacudida, en forma que al ayunador, sin poderlo remediar, se le iban a un lado y otro las piernas y el tronco, se lo entregaba a las damas, que se habían puesto entretanto mortalmente pálidas.

Entonces el ayunador sufría todos sus males: la cabeza le caía sobre el pecho, como si le diera vueltas, y, sin saber cómo, hubiera quedado en aquella postura; el cuerpo estaba como vacío; las piernas, en su afán de mantenerse en pie, apretaban sus rodillas una contra otra; los pies rascaban el suelo como si no fuera el verdadero y buscaran a éste bajo aquél; y todo el peso del cuerpo, por lo demás muy leve, caía sobre una de las damas, la cual, buscando auxilio, con cortado aliento -jamás se hubiera imaginado de este modo aquella misión honorífica-, alargaba todo lo posible su cuello para librar siquiera su rostro del contacto con el ayunador. Pero después, como no lo lograba, y su compañera, más feliz que ella, no venía en su ayuda, sino que se limitaba a llevar entre las suyas, temblorosas, el pequeño haz de huesos de la mano del ayunador, la portadora, en medio de las divertidas carcajadas de toda la sala, rompía a llorar y tenía que ser librada de su carga por un criado, de largo tiempo atrás preparado para ello.

Después venía la comida, en la cual el empresario, en el semisueño del desenjaulado, más parecido a un desmayo que a un sueño, le hacía tragar alguna cosa, en medio de una divertida charla con que apartaba la atención de los espectadores del estado en que se hallaba el ayunador. Después venía un brindis dirigido al público, que el empresario fingía dictado por el ayunador; la orquesta recalcaba todo con un gran trompeteo, marchábase el público y nadie quedaba descontento de lo que había visto, nadie, salvo el ayunador, el artista del hambre; nadie, excepto él.

Vivió así muchos años, cortados por periódicos descansos, respetado por el mundo, en una situación de aparente esplendor; mas, no obstante, casi siempre estaba de un humor melancólico, que se acentuaba cada vez más, ya que no había nadie que supiera tomarlo en serio. ¿ Con qué, además, podrían consolarle? ¿Qué más podía apetecer? Y si alguna vez surgía alguien, de piadoso ánimo, que lo compadecía y quería hacerle comprender que, probablemente, su tristeza procedía del hambre, bien podía ocurrir, sobre todo si estaba ya muy avanzado el ayuno, que el ayunador le respondiera con una explosión de furia, y, con espanto de todos, comenzaba a sacudir como una fiera los hierros de la jaula. Mas para tales cosas tenía el empresario un castigo que le gustaba emplear. Disculpaba al ayunador ante el congregado público; añadía que sólo la irritabilidad provocada por el hambre, irritabilidad incomprensible en hombres bien alimentados, podía hacer disculpable la conducta del ayunador. Después, tratando de este tema, para explicarlo pasaba a rebatir la afirmación del ayunador de que le era posible ayunar mucho más tiempo del que ayunaba; alababa la noble ambición, la buena voluntad, el gran olvido de sí mismo, que claramente se revelaban en esta afirmación; pero en seguida procuraba echarla abajo sólo con mostrar unas fotografías, que eran vendidas al mismo tiempo, pues en el retrato se veía al ayunador en la cama, casi muerto de inanición, a los cuarenta días de su ayuno. Todo esto lo sabía muy bien el ayunador, pero era cada vez más intolerable para él aquella enervante deformación de la verdad. ¡Presentábase allí como causa lo que sólo era consecuencia de la precoz terminación del ayuno! Era imposible luchar contra aquella incomprensión, contra aquel universo de estulticia. Lleno de buena fe, escuchaba ansiosamente desde su reja las palabras del empresario; pero al aparecer las fotografías, soltábase siempre de la reja, y, sollozando, volvía a dejarse caer en la paja. El ya calmado público podía acercarse otra vez a la jaula y examinarlo a su sabor.

Unos años más tarde, si los testigos de tales escenas volvían a acordarse de ellas, notaban que se habían hecho incomprensibles hasta para ellos mismos. Es que mientras tanto se había operado el famoso cambio; sobrevino casi de repente; debía haber razones profundas para ello; pero ¿quién es capaz de hallarlas?

El caso es que cierto día, el tan mimado artista del hambre se vio abandonado por la muchedumbre ansiosa de diversiones, que prefería otros espectáculos. El empresario recorrió otra vez con él media Europa, para ver si en algún sitio hallarían aún el antiguo interés. Todo en vano: como por obra de un pacto, había nacido al mismo tiempo, en todas partes, una repulsión hacia el espectáculo del hambre. Claro que, en realidad, este fenómeno no podía haberse dado así, de repente, y, meditabundos y compungidos, recordaban ahora muchas cosas que en el tiempo de la embriaguez del triunfo no habían considerado suficientemente, presagios no atendidos como merecían serlo. Pero ahora era demasiado tarde para intentar algo en contra. Cierto que era indudable que alguna vez volvería a presentarse la época de los ayunadores; pero para los ahora vivientes, eso no era consuelo. ¿Qué debía hacer, pues, el ayunador? Aquel que había sido aclamado por las multitudes, no podía mostrarse en barracas por las ferias rurales; y para adoptar otro oficio, no sólo era el ayunador demasiado viejo, sino que estaba fanáticamente enamorado del hambre. Por tanto, se despidió del empresario, compañero de una carrera incomparable, y se hizo contratar en un gran circo, sin examinar siquiera las condiciones del contrato.

Un gran circo, con su infinidad de hombres, animales y aparatos que sin cesar se sustituyen y se complementan unos a otros, puede, en cualquier momento, utilizar a cualquier artista, aunque sea a un ayunador, si sus pretensiones son modestas, naturalmente. Además, en este caso especial, no era sólo el mismo ayunador quien era contratado, sino su antiguo y famoso nombre; y ni siquiera se podía decir, dada la singularidad de su arte, que, como al crecer la edad mengua la capacidad, un artista veterano, que ya no está en la cumbre de su poder, trata de refugiarse en un tranquilo puesto de circo; al contrario, el ayunador aseguraba, y era plenamente creíble, que lo mismo podía ayunar entonces que antes, y hasta aseguraba que si lo dejaban hacer su voluntad, cosa que al momento le prometieron, sería aquella la vez en que había de llenar al mundo de justa admiración; afirmación que provocaba una sonrisa en las gentes del oficio, que conocían el espíritu de los tiempos, del cual, en su entusiasmo, habíase olvidado el ayunador.

Mas, allá en su fondo, el ayunador no dejó de hacerse cargo de las circunstancias, y aceptó sin dificultad que no fuera colocada su jaula en el centro de la pista, como número sobresaliente, sino que se la dejara fuera, cerca de las cuadras, sitio, por lo demás, bastante concurrido. Grandes carteles, de colores chillones, rodeaban la jaula y anunciaban lo que había que admirar en ella. En los intermedios del espectáculo, cuando el público se dirigía hacia las cuadras para ver los animales, era casi inevitable que pasaran por delante del ayunador y se detuvieran allí un momento; acaso habrían permanecido más tiempo junto a él si no hicieran imposible una contemplación más larga y tranquila los empujones de los que venían detrás por el estrecho corredor, y que no comprendían que se hiciera aquella parada en el camino de las interesantes cuadras.

Por este motivo, el ayunador temía aquella hora de visitas, que, por otra parte, anhelaba como el objeto de su vida. En los primeros tiempos apenas había tenido paciencia para esperar el momento del intermedio; había contemplado, con entusiasmo, la muchedumbre que se extendía y venía hacia él, hasta que muy pronto -ni la más obstinada y casi consciente voluntad de engañarse a sí mismo se salvaba de aquella experiencia- tuvo que convencerse de que la mayor parte de aquella gente, sin excepción, no traía otro propósito que el de visitar las cuadras. Y siempre era lo mejor el ver aquella masa, así, desde lejos. Porque cuando llegaban junto a su jaula, en seguida lo aturdían los gritos e insultos de los dos partidos que inmediatamente se formaban: el de los que querían verlo cómodamente (y bien pronto llegó a ser este bando el que más apenaba al ayunador, porque se paraban, no porque les interesara lo que tenían ante los ojos, sino por llevar la contraria y fastidiar a los otros) y el de los que sólo apetecían llegar lo antes posible a las cuadras. Una vez que había pasado el gran tropel, venían los rezagados, y también éstos, en vez de quedarse mirándolo cuanto tiempo les apeteciera, pues ya era cosa no impedida por nadie, pasaban de prisa, a paso largo, apenas concediéndole una mirada de reojo, para llegar con tiempo de ver los animales. Y era caso insólito el que viniera un padre de familia con sus hijos, mostrando con el dedo al ayunador y explicando extensamente de qué se trataba, y hablara de tiempos pasados, cuando había estado él en una exhibición análoga, pero incomparablemente más lucida que aquélla; y entonces los niños, que, a causa de su insuficiente preparación escolar y general -¿qué sabían ellos lo que era ayunar?-, seguían sin comprender lo que contemplaban, tenían un brillo en sus inquisidores ojos, en que se traslucían futuros tiempos más piadosos. Quizá estarían un poco mejor las cosas -decíase a veces el ayunador- si el lugar de la exhibición no se hallase tan cerca de las cuadras. Entonces les habría sido más fácil a las gentes elegir lo que prefirieran; aparte de que le molestaban mucho y acababan por deprimir sus fuerzas las emanaciones de las cuadras, la nocturna inquietud de los animales, el paso por delante de su jaula de los sangrientos trozos de carne con que alimentaban a los animales de presa, y los rugidos y gritos de éstos durante su comida. Pero no se atrevía a decirlo a la Dirección, pues, si bien lo pensaba, siempre tenía que agradecer a los animales la muchedumbre de visitantes que pasaban ante él, entre los cuales, de cuando en cuando, bien se podía encontrar alguno que viniera especialmente a verle. Quién sabe en qué rincón lo meterían, si al decir algo les recordaba que aún vivía y les hacía ver, en resumidas cuentas, que no venía a ser más que un estorbo en el camino de las cuadras.

Un pequeño estorbo en todo caso, un estorbo que cada vez se hacía más diminuto. Las gentes se iban acostumbrando a la rara manía de pretender llamar la atención como ayunador en los tiempos actuales, y adquirido este hábito, quedó ya pronunciada la sentencia de muerte del ayunador. Podía ayunar cuanto quisiera, y así lo hacía. Pero nada podía ya salvarle; la gente pasaba por su lado sin verle. ¿Y si intentara explicarle a alguien el arte del ayuno? A quien no lo siente, no es posible hacérselo comprender.

Los más hermosos rótulos llegaron a ponerse sucios e ilegibles, fueron arrancados, y a nadie se le ocurrió renovarlos. La tablilla con el número de los días transcurridos desde que había comenzado el ayuno, que en los primeros tiempos era cuidadosamente mudada todos los días, hacía ya mucho tiempo que era la misma, pues al cabo de algunas semanas este pequeño trabajo habíase hecho desagradable para el personal; y de este modo, cierto que el ayunador continuó ayunando, como siempre había anhelado, y que lo hacía sin molestia, tal como en otro tiempo lo había anunciado; pero nadie contaba ya el tiempo que pasaba; nadie, ni siquiera el mismo ayunador, sabía qué número de días de ayuno llevaba alcanzados, y su corazón sé llenaba de melancolía. Y así, cierta vez, durante aquel tiempo, en que un ocioso se detuvo ante su jaula y se rió del viejo número de días consignado en la tablilla, pareciéndole imposible, y habló de engañifa y de estafa, fue ésta la más estúpida mentira que pudieron inventar la indiferencia y la malicia innata, pues no era el ayunador quien engañaba: él trabajaba honradamente, pero era el mundo quien se engañaba en cuanto a sus merecimientos.

*

Volvieron a pasar muchos días, pero llegó uno en que también aquello tuvo su fin. Cierta vez, un inspector se fijó en la jaula y preguntó a los criados por qué dejaban sin aprovechar aquella jaula tan utilizable que sólo contenía un podrido montón de paja. Todos lo ignoraban, hasta que, por fin, uno, al ver la tablilla del número de días, se acordó del ayunador. Removieron con horcas la paja, y en medio de ella hallaron al ayunador.

-¿Ayunas todavía? -preguntole el inspector-. ¿Cuándo vas a cesar de una vez?

-Perdónenme todos -musitó el ayunador, pero sólo lo comprendió el inspector, que tenía el oído pegado a la reja.

-Sin duda -dijo el inspector, poniéndose el índice en la sien para indicar con ello al personal el estado mental del ayunador-, todos te perdonamos.

-Había deseado toda la vida que admiraran mi resistencia al hambre -dijo el ayunador.

-Y la admiramos -repúsole el inspector.

-Pero no deberían admirarla -dijo el ayunador.

-Bueno, pues entonces no la admiraremos -dijo el inspector-; pero ¿por qué no debemos admirarte?

-Porque me es forzoso ayunar, no puedo evitarlo -dijo el ayunador.

-Eso ya se ve -dijo el inspector-; pero ¿ por qué no puedes evitarlo?

-Porque -dijo el artista del hambre levantando un poco la cabeza y hablando en la misma oreja del inspector para que no se perdieran sus palabras, con labios alargados como si fuera a dar un beso-, porque no pude encontrar comida que me gustara. Si la hubiera encontrado, puedes creerlo, no habría hecho ningún cumplido y me habría hartado como tú y como todos.

Estas fueron sus últimas palabras, pero todavía, en sus ojos quebrados, mostrábase la firme convicción, aunque ya no orgullosa, de que seguiría ayunando.

-¡Limpien aquí! -ordenó el inspector, y enterraron al ayunador junto con la paja. Mas en la jaula pusieron una pantera joven. Era un gran placer, hasta para el más obtuso de sentidos, ver en aquella jaula, tanto tiempo vacía, la hermosa fiera que se revolcaba y daba saltos. Nada le faltaba. La comida que le gustaba traíansela sin largas cavilaciones sus guardianes. Ni siquiera parecía añorar la libertad. Aquel noble cuerpo, provisto de todo lo necesario para desgarrar lo que se le pusiera por delante, parecía llevar consigo la propia libertad; parecía estar escondida en cualquier rincón de su dentadura. Y la alegría de vivir brotaba con tan fuerte ardor de sus fauces, que no les era fácil a los espectadores poder hacerle frente. Pero se sobreponían a su temor, se apretaban contra la jaula y en modo alguno querían apartarse de allí.

Un artista del trapecio

Un artista del trapecio -como se sabe, este arte que se practica en lo alto de las cúpulas de los grandes circos es uno de los más difíciles entre todos los asequibles al hombre- había organizado su vida de tal manera -primero por afán profesional de perfección, después por costumbre que se había hecho tiránica- que, mientras trabajaba en la misma empresa, permanecía día y noche en el trapecio. Todas sus necesidades -por otra parte muy pequeñas- eran satisfechas por criados que se relevaban a intervalos y vigilaban debajo. Todo lo que arriba se necesitaba lo subían y bajaban en cestillos construidos para el caso.

De esta manera de vivir no se deducían para el trapecista dificultades con el resto del mundo. Sólo resultaba un poco molesto durante los demás números del programa, porque como no se podía ocultar que se había quedado allá arriba, aunque permanecía quieto, siempre alguna mirada del público se desviaba hacia él. Pero los directores se lo perdonaban, porque era un artista extraordinario, insustituible. Además era sabido que no vivía así por capricho y que sólo de aquella manera podía estar siempre entrenado y conservar la extrema perfección de su arte.

Además, allá arriba se estaba muy bien. Cuando, en los días cálidos del verano, se abrían las ventanas laterales que corrían alrededor de la cúpula y el sol y el aire irrumpían en el ámbito crepuscular del circo, era hasta bello. Su trato humano estaba muy limitado, naturalmente. Alguna vez trepaba por la cuerda de ascensión algún colega de turné, se sentaba a su lado en el trapecio, apoyado uno en la cuerda de la derecha, otro en la de la izquierda, y charlaban largamente. O bien los obreros que reparaban la techumbre cambiaban con él algunas palabras por una de las claraboyas o el electricista que comprobaba las conducciones de luz, en la galería más alta, le gritaba alguna palabra respetuosa, si bien poco comprensible.

A no ser entonces, estaba siempre solitario. Alguna vez un empleado que erraba cansadamente a las horas de la siesta por el circo vacío, elevaba su mirada a la casi atrayente altura, donde el trapecista descansaba o se ejercitaba en su arte sin saber que era observado.

Así hubiera podido vivir tranquilo el artista del trapecio a no ser por los inevitables viajes de lugar en lugar, que lo molestaban en sumo grado. Cierto es que el empresario cuidaba de que este sufrimiento no se prolongara innecesariamente. El trapecista salía para la estación en un automóvil de carreras que corría, a la madrugada, por las calles desiertas, con la velocidad máxima; demasiado lenta, sin embargo, para su nostalgia del trapecio.

En el tren, estaba dispuesto un departamento para él solo, en donde encontraba, arriba, en la redecilla de los equipajes, una sustitución mezquina -pero en algún modo equivalente- de su manera de vivir.

En el sitio de destino ya estaba enarbolado el trapecio mucho antes de su llegada, cuando todavía no se habían cerrado las tablas ni colocado las puertas. Pero para el empresario era el instante más placentero aquel en que el trapecista apoyaba el pie en la cuerda de subida y en un santiamén se encaramaba de nuevo sobre su trapecio. A pesar de todas estas precauciones, los viajes perturbaban gravemente los nervios del trapecista, de modo que, por muy afortunados que fueran económicamente para el empresario, siempre le resultaban penosos.

Una vez que viajaban, el artista en la redecilla como soñando, y el empresario recostado en el rincón de la ventana, leyendo un libro, el hombre del trapecio le apostrofó suavemente. Y le dijo, mordiéndose los labios, que en lo sucesivo necesitaba para su vivir, no un trapecio, como hasta entonces, sino dos, dos trapecios, uno frente a otro.

El empresario accedió en seguida. Pero el trapecista, como si quisiera mostrar que la aceptación del empresario no tenía más importancia que su oposición, añadió que nunca más, en ninguna ocasión, trabajaría únicamente sobre un trapecio. Parecía horrorizarse ante la idea de que pudiera acontecerle alguna vez. El empresario, deteniéndose y observando a su artista, declaró nuevamente su absoluta conformidad. Dos trapecios son mejor que uno solo. Además, los nuevos trapecios serían más variados y vistosos.

Pero el artista se echó a llorar de pronto. El empresario, profundamente conmovido, se levantó de un salto y le preguntó qué le ocurría, y como no recibiera ninguna respuesta, se subió al asiento, lo acarició y abrazó y estrechó su rostro contra el suyo, hasta sentir las lágrimas en su piel. Después de muchas preguntas y palabras cariñosas, el trapecista exclamó, sollozando:

–Sólo con una barra en las manos, ¡cómo podría yo vivir!

Entonces, ya fue muy fácil al empresario consolarlo. Le prometió que en la primera estación, en la primera parada y fonda, telegrafiaría para que instalasen el segundo trapecio, y se reprochó a sí mismo duramente la crueldad de haber dejado al artista trabajar tanto tiempo en un solo trapecio. En fin, le dio las gracias por haberle hecho observar al cabo aquella omisión imperdonable. De esta suerte, pudo el empresario tranquilizar al artista y volverse a su rincón.

En cambio, él no estaba tranquilo; con grave preocupación espiaba, ahurtadillas, por encima del libro, al trapecista. Si semejantes pensamientos habían empezado a atormentarlo, ¿podrían ya cesar por completo? ¿No seguirían aumentando día por día? ¿No amenazarían su existencia? Y el empresario, alarmado, creyó ver en aquel sueño, aparentemente tranquilo, en que habían terminado los lloros, comenzar a dibujarse la primera arruga en la lisa frente infantil del artista del trapecio.

Un golpe a la puerta del Cortijo

Fue un caluroso día de verano. Mi hermana y yo pasábamos frente a la puerta de un cortijo que estaba en el camino de regreso a casa. No sé si golpeó esa puerta por travesura o distracción. no sé si tan solo amenazó con el puño sin llegar a tocarla siquiera. Cien metros mas adelante, junto al camino real que giraba a la izquierda, empezaba el pueblo. No lo conocíamos, pero al cruzar frente a la casa que estaba inmediatamente después de la primera, salieron de ahí unos hombres haciéndonos unas señas amables o de advertencia; estaban asustados, encogidos de miedo. Señalaban hacia el cortijo y nos hacían recordar el golpe contra la puerta. Los dueños nos denunciarían e inmediatamente comenzaría el sumario. Yo permanecía calmo, tranquilizaba a mi hermana. Posiblemente ni siquiera había tocado, y si en realidad lo había hecho, nadie podría acusarla por eso. Intenté hacer entender esto a las personas que nos rodeaban; me escuchaban pero absteniéndose de emitir juicio alguno. Después dijeron que no sólo mi hermana sino también yo sería acusado. Yo asentía sonriente con la cabeza. Todos volvíamos nuestra vista atrás, hacia el cortijo., tan atentamente como si se tratara de una lejana cortina de humo tras la cual fuera a aparecer un incendio. Lo que pronto vimos, en realidad, fue a unos jinetes que entraron por el portón del cortijo. Una polvareda, al levantarse, lo cubrió todo; sólo brillaban las puntas de las enormes lanzas. Apenas la tropa había desaparecido en el patio, cuando debió, al parecer, hacer dar vuelta a sus corceles, pues volvió a salir en dirección nuestra. Aparté a mi hermana de un empellón, yo me encargaría de poner todo en orden. Ella no quiso dejarme solo. Le expliqué que para que se viera mejor vestida ante los señores debía, al menos, cambiarse de ropas. Porfin me hizo caso e inició el largo camino a casa. Ya estaban los jinetes junto a nosotros y casi al tiempo de apearse preguntaron por mi hermana.

-No está aquí de momento -fue la temerosa respuesta- pero vendrá mas tarde.

La contestación se recibió con indiferencia. Parecía que, ante todo, lo importante era haberme hallado. Destacaban, de entre ellos, el juez, un hombre joven y vivaz, y su silencioso ayudante llamado Assmann. Me invitaron a pasar a la taberna campesina. Lentamente, balanceando la cabeza, jugando con los tiradores, comencé a caminar bajo las miradas severas de los señores. Aún creía que una sola palabra sería suficiente para que yo, que vivía en la ciudad, fuese liberado, incluso con honores, en ese pueblo campesino. Pero luego de atravesar el umbral de la puerta, pude escuchar al juez que se acercó a recibirme:

-Este hombre me da lástima.

Sin duda alguna, no se refería con esto a mi estado actual sino a lo que me esperaba en el futuro. La habitación se parecía más a la celda de una prisión que a una taberna rural. De las grandes losas de la pared, oscura y sin adornos, pendía, en alguna parte, una argolla de hierro, y en el centro de la habitación algo que era medio catre y medio mesa de operaciones.

¿Podría yo respirar otros aires que los de una cárcel?. He aquí el gran dilema. O, mejor dicho, lo que sería el gran dilema, si yo tuviera alguna perspectiva de ser dejado en libertad.

Un médico rural

Estaba muy preocupado; debía emprender un viaje urgente; un enfermo de gravedad me estaba esperando en un pueblo a diez millas de distancia; una violenta tempestad de nieve azotaba el vasto espacio que nos separaba; yo tenía un coche, un cochecito ligero, de grandes ruedas, exactamente apropiado para correr por nuestros caminos; envuelto en el abrigo de pieles, con mi maletín en la mano, esperaba en el patio, listo para marchar; pero faltaba el caballo... El mío se había muerto la noche anterior, agotado por las fatigas de ese invierno helado; mientras tanto, mi criada corría por el pueblo, en busca de un caballo prestado; pero estaba condenada al fracaso, yo lo sabía, y a pesar de eso continuaba allí inútilmente, cada vez más envarado, bajo la nieve que me cubría con su pesado manto. En la puerta apareció la muchacha, sola, y agitó la lámpara; naturalmente, ¿quién habría prestado su caballo para semejante viaje? Atravesé el patio, no hallaba ninguna solución; distraído y desesperado a la vez, golpeé con el pie la ruinosa puerta de la pocilga, deshabitada desde hacía años. La puerta se abrió, y siguió oscilando sobre sus bisagras. De la pocilga salió una vaharada como de establo, un olor a caballos. Una polvorienta linterna colgaba de una cuerda.

Un individuo, acurrucado en el tabique bajo, mostró su rostro claro, de ojitos azules.

-¿Los engancho al coche? -preguntó, acercándose a cuatro patas.

No supe qué decirle, y me agaché para ver qué había dentro de la pocilga. La criada estaba a mi lado.

-Uno nunca sabe lo que puede encontrar en su propia casa -dijo ésta. Y ambos nos echamos a reír.

-¡Hola, hermano, hola, hermana! -gritó el palafrenero, y dos caballos, dos magníficas bestias de vigorosos flancos, con las piernas dobladas y apretadas contra el cuerpo, las perfectas cabezas agachadas, como las de los camellos, se abrieron paso una tras otra por el hueco de la puerta, que llenaban por completo. Pero una vez afuera se irguieron sobre sus largas patas, despidiendo un espeso vapor.

-Ayúdalo -dije a la criada, y ella, dócil, alargó los arreos al caballerizo. Pero apenas llegó a su lado, el hombre la abrazó y acercó su rostro al rostro de la joven. Esta gritó, y huyó hacia mí; sobre sus mejillas se veían, rojas, las marcas de dos hileras de dientes.

-¡Salvaje! -dije al caballerizo-. ¿Quieres que te azote?

Pero luego pensé que se trataba de un desconocido, que yo ignoraba de dónde venía y que me ofrecía ayuda cuando todos me habían fallado. Como si hubiera adivinado mis pensamientos, no se mostró ofendido por mi amenaza y, siempre atareado con los caballos, sólo se volvió una vez hacia mí.

-Suba -me dijo, y, en efecto, todo estaba preparado.

Advierto entonces que nunca viajé con tan hermoso tronco de caballos, y subo alegremente.

-Yo conduciré, pues tú no conoces el camino -dije.

-Naturalmente -replica-, yo no voy con usted: me quedo con Rosa.

-¡No! -grita Rosa, y huye hacia la casa, presintiendo su inevitable destino; aún oigo el ruido de la cadena de la puerta al correr en el cerrojo; oigo girar la llave en la cerradura; veo además que Rosa apaga todas las luces del vestíbulo y, siempre huyendo, las de las habitaciones restantes, para que no puedan encontrarla.

-Tú vendrás conmigo -digo al mozo-; si no es así, desisto del viaje, por urgente que sea. No tengo intención de dejarte a la muchacha como pago del viaje.

-¡Arre! -grita él, y da una palmada; el coche parte, arrastrado como un leño en el torrente; oigo crujir la puerta de mi casa, que cae hecha pedazos bajo los golpes del mozo; luego mis ojos y mis oídos se hunden en el remolino de la tormenta que confunde todos mis sentidos. Pero esto dura sólo un instante; se diría que frente a mi puerta se encontraba la puerta de la casa de mi paciente; ya estoy allí; los caballos se detienen; la nieve ha dejado de caer; claro de luna en torno; los padres de mi paciente salen ansiosos de la casa, seguidos de la hermana; casi me arrancan del coche; no entiendo nada de su confuso parloteo; en el cuarto del enfermo el aire es casi irrespirable, la estufa humea, abandonada; quiero abrir la ventana, pero antes voy a ver al enfermo. Delgado, sin fiebre, ni caliente ni frío, con ojos inexpresivos, sin camisa, el joven se yergue bajo el edredón de plumas, se abraza a mi cuello y me susurra al oído:

-Doctor, déjeme morir.

Miro en torno; nadie lo ha oído; los padres callan, inclinados hacia adelante, esperando mi sentencia; la hermana me ha acercado una silla para que coloque mi maletín de mano. Lo abro, y busco entre mis instrumentos; el joven sigue alargándome las manos, para recordarme su súplica; tomo un par de pinzas, las examino a la luz de la bujía y las deposito nuevamente.

Sí pienso indignado, en estos casos los dioses nos ayudan, nos mandan el caballo que necesitamos y, dada nuestra prisa, nos agregan otro. Además, nos envían un caballerizo...

En aquel preciso instante me acuerdo de Rosa. ¿Qué hacer? ¿Cómo salvarla? ¿Cómo rescatar su cuerpo del peso de aquel hombre, a diez millas de distancia, con un par de caballos imposibles de manejar? Esos caballos que no sé cómo se han desatado de las riendas, que se abren paso ignoro cómo; que asoman la cabeza por la ventana y contemplan al enfermo, sin dejarse impresionar por las voces de la familia.

-Regresaré en seguida -me digo como si los caballos me invitaran al viaje. Sin embargo, permito que la hermana, que me cree aturdido por el calor, me quite el abrigo de pieles. Me sirven una copa de ron; el anciano me palmea amistosamente el hombro, porque el ofrecimiento de su tesoro justifica ya esta familiaridad. Meneo la cabeza; estallaré dentro del estrecho círculo de mis pensamientos; por eso me niego a beber.

La madre permanece junto al lecho y me invita a acercarme; la obedezco, y mientras un caballo relincha estridentemente hacia el techo, apoyo la cabeza sobre el pecho del joven, que se estremece bajo mi barba mojada. Se confirma lo que ya sabía: el joven está sano, quizá un poco anémico, quizá saturado de café, que su solícita madre le sirve, pero está sano; lo mejor sería sacarlo de un tirón de la cama. No soy ningún reformador del mundo, y lo dejo donde está. Soy un vulgar médico del distrito que cumple con su deber hasta donde puede, hasta un punto que ya es una exageración. Mal pagado, soy, sin embargo, generoso con los pobres. Es necesario que me ocupe de Rosa; al fin y al cabo es posible que el joven tenga razón, y yo también pido que me dejen morir. ¿Qué hago aquí, en este interminable invierno? Mi caballo se ha muerto y no hay nadie en el pueblo que me preste el suyo. Me veré obligado a arrojar mi carruaje en la pocilga; si por casualidad no hubiese encontrado esos caballos, habría tenido que recurrir a los cerdos. Esta es mi situación.

Saludo a la familia con un movimiento de cabeza. Ellos no saben nada de todo esto, y si lo supieran, no lo creerían. Es fácil escribir recetas, pero en cambio es un trabajo difícil entenderse con la gente. Ahora bien, acudí junto al enfermo; una vez más me han molestado inútilmente; estoy acostumbrado a ello; con esa campanilla nocturna todo el distrito me molesta, pero que además tenga que sacrificar a Rosa, esa hermosa muchacha que durante años vivió en mi casa sin que yo me diera cuenta cabal de su presencia... Este sacrificio es excesivo, y tengo que encontrarle alguna solución, cualquier cosa, para no dejarme arrastrar por esta familia que, a pesar de su buena voluntad, no podrían devolverme a Rosa. Pero he aquí que mientras cierro el maletín de mano y hago una señal para que me traigan mi abrigo, la familia se agrupa, el padre olfatea la copa de ron que tiene en la mano, la madre, evidentemente decepcionada conmigo -¿qué espera, pues, la gente?- se muerde, llorosa, los labios, y la hermana agita un pañuelo lleno de sangre; me siento dispuesto a creer, bajo ciertas condiciones, que el joven quizá está enfermo.

Me acerco a él, que me sonríe como si le trajera un cordial... ¡Ah! Ahora los dos caballos relinchan a la vez; ese estrépito ha sido seguramente dispuesto para facilitar mi auscultación; y esta vez descubro que el joven está enfermo. El costado derecho, cerca de la cadera, tiene una herida grande como un platillo, rosada, con muchos matices, oscura en el fondo, más clara en los bordes, suave al tacto, con coágulos irregulares de sangre, abierta como una mina al aire libre. Así es como se ve a cierta distancia. De cerca, aparece peor. ¿Quién puede contemplar una cosa así sin que se le escape un silbido? Los gusanos, largos y gordos como mi dedo meñique, rosados y manchados de sangre, se mueven en el fondo de la herida, la puntean con sus cabecitas blancas y sus numerosas patitas. Pobre muchacho, nada se puede hacer por ti. He descubierto tu gran herida; esa flor abierta en tu costado te mata. La familia está contenta, me ve trabajar; la hermana se lo dice a la madre, ésta al padre, el padre a algunas visitas que entran por la puerta abierta, de puntillas, a través del claro de luna.

-¿Me salvarás? -murmura entre sollozos el joven, deslumbrado por la vista de su herida.

Así es la gente de mi comarca. Siempre esperan que el médico haga lo imposible. Han perdido la antigua fe; el cura se queda en su casa y desgarra sus ornamentos sacerdotales uno tras otro; en cambio, el médico tiene que hacerlo todo, suponen ellos, con sus pobres dedos de cirujano. ¡Como quieran! Yo no les pedí que me llamaran; si pretenden servirse de mí para un designio sagrado, no me negaré a ello. ¿Qué cosa mejor puedo pedir yo, un pobre médico rural, despojado de su criada?

Y he aquí que empiezan a llegar los parientes y todos los ancianos del pueblo, y me desvisten; un coro de escolares, con el maestro a la cabeza, canta junto a la casa una tonada infantil con estas palabras:

Desvístanlo, para que cure,
y si no cura, mátenlo.
Solo es un médico, solo es un médico...

Mírenme: ya estoy desvestido, y, mesándome la barba y cabizbajo, miro al pueblo tranquilamente. Tengo un gran dominio sobre mí mismo; me siento superior a todos y aguanto, aunque no me sirve de nada, porque ahora me toman por la cabeza y los pies y me llevan a la cama del enfermo. Me colocan junto a la pared, al lado de la herida. Luego salen todos del aposento; cierran la puerta, el canto cesa; las nubes cubren la luna; las mantas me calientan, las sombras de las cabezas de los caballos oscilan en el vano de las ventanas.

-¿Sabes -me dice una voz al oído- que no tengo mucha confianza en ti? No importa cómo hayas llegado hasta aquí; no te han llevado tus pies. En vez de ayudarme, me escatimas mi lecho de muerte. No sabes cómo me gustaría arrancarte los ojos.

-En verdad -dije yo-, es una vergüenza. Pero soy médico. ¿Qué quieres que haga? Te aseguro que mi papel nada tiene de fácil.

-¿He de darme por satisfecho con esa excusa? Supongo que sí. Siempre debo conformarme. Vine al mundo con una hermosa herida. Es lo único que poseo.

-Joven amigo -digo-, tu error estriba en tu falta de empuje. Yo, que conozco todos los cuartos de los enfermos del distrito, te aseguro: tu herida no es muy terrible. Fue hecha con dos golpes de hacha, en ángulo agudo. Son muchos los que ofrecen sus flancos, y ni siquiera oyen el ruido del hacha en el bosque. Pero menos aún sienten que el hacha se les acerca.

-¿Es de veras así, o te aprovechas de mi fiebre para engañarme?

-Es cierto, palabra de honor de un médico juramentado. Puedes llevártela al otro mundo.

Aceptó mi palabra, y guardó silencio. Pero ya era hora de pensar en mi libertad. Los caballos seguían en el mismo lugar. Recogí rápidamente mis vestidos, mi abrigo de pieles y mi maletín; no podía perder el tiempo en vestirme; si los caballos corrían tanto como en el viaje de ida, saltaría de esta cama a la mía. Dócilmente, uno de los caballos se apartó de la ventana; arrojé el lío en el coche; el abrigo cayó fuera, y sólo quedó retenido por una manga en un gancho. Ya era bastante. Monté de un salto a un caballo; las riendas iban sueltas, las bestias, casi desuncidas, el coche corría al azar y mi abrigo de pieles se arrastraba por la nieve.

-¡De prisa! -grité-. Pero íbamos despacio, como viajeros, por aquel desierto de nieve, y mientras tanto, de nuevo el canto de los escolares, el canto de los muchachos que se mofaban de mí, se dejó oír durante un buen rato detrás de nosotros:

Alégrense, enfermos,
tienen al médico en su propia cama.

A ese paso nunca llegaría a mi casa; mi clientela está perdida; un sucesor ocupará mi cargo, pero sin provecho, porque no puede reemplazarme; en mi casa cunde el repugnante furor del

134

caballerizo; Rosa es su víctima; no quiero pensar en ello. Desnudo, medio muerto de frío y a mi edad, con un coche terrenal y dos caballos sobrenaturales, voy rodando por los caminos. Mi abrigo cuelga detrás del coche, pero no puedo alcanzarlo, y ninguno de esos enfermos sinvergüenzas levantará un dedo para ayudarme. ¡Se han burlado de mí! Basta acudir una vez a un falso llamado de la campanilla nocturna para que lo irreparable se produzca.

Un mensaje imperial

El Emperador, tal va una parábola, te ha mandado, humilde sujeto, que eres la insignificante sombra arrinconándose en la más recóndita distancia del sol imperial, un mensaje: el Emperador desde su lecho de muerte te ha mandado un mensaje para ti únicamente. Ha comandado al mensajero a arrodillarse junto a la cama, y ha susurrado el mensaje; ha puesto tanta importancia al mensaje, que ha ordenado al mensajero se lo repita en el oído. Luego, con un movimiento de cabeza, ha confirmado que está correcto. Sí, ante los congregados espectadores de su muerte - toda pared obstructora ha sido tumbada, y en las espaciosas y colosalmente altas escaleras están en un círculo los grandes príncipes del Imperio- ante todos ellos él ha mandado su mensaje. El mensajero inmediatamente embarca en su viaje; es un poderoso, infatigable hombre; ahora empujando con su brazo diestro, ahora con el siniestro, taja un camino al través de la multitud; si encuentra resistencia, apunta a su pecho, donde el símbolo del sol repica de luz; al contrario de otro hombre cualquiera, su camino así se le facilita. Mas las multitudes son tan vastas; sus números no tienen fin. Si tan sólo pudiera alcanzar los amplios campos, cuán rápido él volaría, y pronto, sin duda alguna, escucharías el bienvenido martilleo de sus puños en tu puerta.

Pero, en vez, cómo vanamente gasta sus fuerzas; aún todavía traza su camino tras las cámaras del profundo interior del palacio; nunca llegará al final de ellas; y si lo lograra, nada se lograría en ello; él debe, tras aquello, luchar durante su camino hacia abajo por las escaleras; y si lo lograra, nada se lograría en ello; todavía tiene que cruzar las cortes; y tras las cortes, el segundo palacio externo; y una vez más, más escaleras y cortes; y de nuevo otro

135

palacio; y así por miles de años; y por si al fin llegara a lanzarse afuera, tras la última puerta del último palacio -pero nunca, nunca podría llegar eso a suceder-, la capital imperial, centro del mundo, caería ante él, apretada a explotar con sus propios sedimentos. Nadie podría luchar y salir de ahí, ni siquiera con el mensaje de un hombre muerto. Mas te sientas tras la ventana, al caer la noche, y te lo imaginas, en sueños.

Una confusión cotidiana

Un incidente cotidiano, del que resulta una confusión cotidiana. A tiene que cerrar un negocio con B en H. Se traslada a H para una entrevista preliminar, pone diez minutos en ir y diez en volver, y se jacta en su casa de esa velocidad. Al otro día vuelve a H, esta vez para cerrar el negocio. Como probablemente eso le exigirá muchas horas, A sale muy temprano. Aunque las circunstancias (al menos en opinión de A) son precisamente las de la víspera, tarda diez horas esta vez en llegar a H. Llega al atardecer, rendido. Le comunican que B, inquieto por su demora, ha partido hace poco para el pueblo de A y que deben haberse cruzado en el camino. Le aconsejan que espere. A, sin embargo, impaciente por el negocio, se va inmediatamente y vuelve a su casa.

Esta vez, sin poner mayor atención, hace el viaje en un momento. En su casa le dicen que B llegó muy temprano, inmediatamente después de la salida de A, y que hasta se cruzó con A en el umbral y quiso recordarle el negocio, pero que A le respondió que no tenía tiempo y que debía salir en seguida.

A pesar de esa incomprensible conducta, B entró en la casa a esperar su vuelta. Y ya había preguntado muchas veces si no había regresado aún, pero seguía esperándolo siempre en el cuarto de A. Feliz de hablar con B y de explicarle todo lo sucedido, A corre escaleras arriba. Casi al llegar tropieza, se tuerce un tendón y a punto de perder el sentido, incapaz de gritar, gimiendo en la oscuridad, oye a B -tal vez muy lejos ya, tal vez a su lado- que baja la escalera furioso y que se pierde para siempre.

Una mujercita

Es toda una mujercita; aunque muy delgada, suele además usar un corsé ajustado; la veo siempre con el mismo vestido gris amarillento, algo así como el color de la madera, adornado discretamente con borlas en forma de botón, de igual color; siempre sale sin sombrero, el rubio cabello opaco y lacio es ordenado, pero también muy suelto. Aunque está encorsetada se mueve con agilidad, y a veces exagera esa facilidad de movimiento; le gusta llevarse las manos a la cintura y girar el torso hacia uno u otro lado, con asombrosa rapidez. Apenas puedo dar una ligera idea de la impresión que me causa su mano, si digo que jamás he visto una cuyos dedos estén tan agudamente diferenciados entre sí como la suya; y sin embargo no presenta ninguna peculiaridad anatómica, es completamente normal.

Ahora bien, esta mujercita está muy descontenta conmigo, siempre tiene algo que objetarme, siempre cometo toda clase de injusticias con ella, cada paso mío la irrita; si la vida pudiera cortarse en trozos infinitesimales y cada pedacito pudiera ser juzgado, estoy seguro de que cada partícula de mi vida sería para ella motivo de disgusto. A menudo he pensado en eso: ¿por qué la irrito tanto? Podría ser que todo en mí ofendiera su sentido de la belleza, su idea de la justicia, sus costumbres, sus tradiciones, sus esperanzas; hay naturalezas humanas muy incompatibles, pero ¿por qué se preocupa tanto por eso? No hay en verdad ninguna relación entre nosotros que la obligue a soportarme. Debería decidirse a considerarme un perfecto desconocido, lo que en realidad soy, teniendo en cuenta que semejante decisión no me molestaría, más bien se la agradecería mucho, sólo debería decidirse a olvidar mi existencia, una existencia que nunca quise obligarla a soportar, y jamás querré; y evidentemente, todos sus tormentos terminarían. Hago total abstracción de mis sentimientos y no tengo en cuenta que su actitud también es para mí, naturalmente, muy dolorosa, y no lo tengo en cuenta porque reconozco perfectamente que mis molestias no son nada al lado de sus sufrimientos. De todos modos, siempre he sabido que esos sufrimientos no son causados por el afecto; no le interesa en absoluto mejorarme, y además todo lo que en mí le desagrada es justamente lo que menos puede impedirme mejorar. Pero tampoco le importa que yo progrese, solamente le importan sus intereses personales, que consisten en vengarse de los sufrimientos que le provoco, e impedir los sufrimientos con que pueda volver a amenazarla. Ya una vez intenté indicarle la mejor manera de poner fin a este resentimiento perpetuo, pero sólo logré suscitar en ella tal arrebato de furor, que nunca más repetiré esa tentativa.

Además, esto representa para mí, si así puedo decirlo, cierta responsabilidad, porque por menos intimidad que haya entre la mujercita y yo, y por más evidente que sea que la única relación existente es la irritación que le produzco, o más bien la irritación que ella permite que yo le produzca, no por eso puedo sentirme indiferente ante los visibles perjuicios físicos que le produce. De vez en cuando, y estos últimos tiempos más a menudo, me llegan informes de que esa mañana amaneció pálida, insomne, con dolor de cabeza y casi incapacitada para el trabajo; esto hace que sus familiares se pregunten perplejos cuál será el origen de esos estados, y hasta ahora no lo han descubierto. Sólo yo lo sé, es la antigua y siempre renovada irritación. Claro que no comparto totalmente las preocupaciones de sus familiares; ella es fuerte y resistente; quien puede enojarse hasta ese punto, puede con seguridad también pasar por alto las consecuencias del enojo; hasta tengo la sospecha de que ella -por lo menos a veces- simula sufrimientos para dirigir hacia mí las sospechas de la gente. Es demasiado orgullosa para decir abiertamente cómo sufre por culpa de mi simple existencia; recurrir a los demás contra mí le parecería rebajarse a sí misma; sólo la repugnancia, una incesante repugnancia que no deja de impelerla, consigue que se ocupe de mí; discutir abiertamente algo tan impuro le parecería demasiada vergüenza. Pero también es demasiado para ella callar constantemente algo que la oprime sin cesar. Por eso prefiere, con astucia femenina, un término medio: callar, y sólo mediante las apariencias exteriores de un sufrimiento oculto, llamar la atención pública sobre el asunto. Tal vez espere, posiblemente, que en cuanto la atención pública fije en mí todas sus miradas, se concrete un rencor general y público, y con todos sus vastos poderes éste consiga condenarme definitivamente, con mucho más vigor y rapidez que sus relativamente débiles rencores privados, entonces se retiraría de la escena, respiraría con alivio y me volvería la espalda. Ahora bien, si estas son realmente sus esperanzas, se engaña. La opinión pública no la sustituirá en su papel; la opinión pública nunca encontraría en mí tantos motivos de reproche, aunque me estudiara a través de su lupa de mayor aumento. No soy un hombre tan inútil como ella cree; no quiero exagerar mis méritos, y mucho menos cuando se trata de este asunto; pero si no llamo la atención por mis condiciones extraordinarias, tampoco la llamo por mi falta de condiciones; sólo para ella, para sus ojos llameantes y casi lívidos de ira, soy así; no podrá convencer a nadie más. Por lo tanto, ¿puedo sentirme por completo tranquilo en lo que a esto respecta? No, tampoco; porque cuando sea realmente de conocimiento público que mi comportamiento está provocando positivamente su enfermedad, y algún observador, por ejemplo mis más activos informadores, estén a punto de advertirlo, o por lo menos adopten la actitud de advertirlo, y la gente venga a preguntarme por qué hago sufrir a esta pobre mujercita con mis acciones incorregibles, o si tengo la intención de llevarla a la tumba, y cuándo llegará el momento de mostrarme más sensato y de demostrar suficiente compasión para poner fin a todo eso; cuando la gente me haga esta pregunta, me costará bastante responder. ¿Confesaré francamente que no creo en sus síntomas de enfermedad, lo que producirá la desagradable impresión de que para librarme de mi culpa culpo a otro, y justamente de una manera tan poco galante? ¿Y cómo podría decir abiertamente que yo, aun cuando creyera que ella está realmente enferma, no siento un poco de compasión, que la mujer en cuestión es para mí una perfecta desconocida, y que la relación que existe entre nosotros es pura invención de su parte y totalmente inexistente? No digo que no me creerían; más bien ni una cosa ni la otra; no se tomarían el trabajo de dudar; simplemente, se tomaría nota de la respuesta relativa a una mujer débil y enferma, y esto no me haría mucho honor. Tanto con ésta como con cualquier otra respuesta, chocaría inevitablemente con la incapacidad de la gente de impedir, en un caso como éste, la sospecha de una relación amorosa, aunque es más evidente que la luz del día que semejante relación no existe, y que si existiera, se originaría más bien en mí y no en ella, ya que realmente yo sería muy capaz de admirar en esta mujercita la potente rapidez de sus juicios y la infatigabilidad de sus conclusiones, cuando esas mismas cualidades no estuvieran al servicio constante de mi tormento. Pero en todo caso, ella no muestra el menor deseo de llegar a una relación amistosa; en eso es honrada y veraz; en eso reside mi última esperanza; sería imposible que la conveniencia de su plan de campaña la llevara a hacerme creer en una relación de ese tipo, olvidándose de sí misma hasta el punto de cometer una acción semejante. Pero la opinión pública, absolutamente incapaz de sutilezas, seguirá siempre pensando lo mismo en este sentido, y siempre se decidirá en mi contra.

Por lo tanto, lo único que me resta es cambiar a tiempo, antes que intervengan los demás, lo suficiente no para anular el rencor de la mujercita, que es inconcebible, sino por lo menos para dulcificarlo. Y en efecto, muchas veces me he preguntado si me agrada tanto mi estado actual que ya no quiero modificarlo, y si no sería posible provocar en mí algunos cambios, no porque me parecieran necesarios, sino simplemente para calmar a la mujercita. Y he tratado honradamente de hacerlo, no sin fatigas ni problemas; hasta me hacía bien, casi me divertía; logré ciertas modificaciones visibles desde muy lejos, no necesitaba llamar la atención de la mujercita sobre ellas, ya que se da cuenta de esas cosas antes que yo, puede percibir por la expresión de mi cara las intenciones de mi mente; pero no logré ningún éxito. ¿Cómo hubiera podido lograrlo? Su disconformidad conmigo es, como bien lo comprendo ahora, fundamental; nada puede hacerla desaparecer, ni siquiera mi propia desaparición; su furor ante la noticia de mi suicidio sería posiblemente inmenso.

Ahora bien, no puedo imaginarme que ella, una mujer tan aguda, no comprenda todo esto tan bien como yo, no comprenda tanto la inutilidad de sus esfuerzos como mi propia inocencia, mi incapacidad (a pesar de la mejor voluntad del mundo) de conformarme a sus requisitos. Seguramente lo comprende, pero como es de naturaleza combativa, lo olvida en el apasionamiento del combate, y mi desdichada manera de ser, que no puedo imaginar diferente porque me pertenece de nacimiento, consiste justamente en susurrar suaves consejos a quien está enfurecido. De este modo, naturalmente, no llegaremos jamás a entendernos. Día tras día saldré de la casa con mi habitual alegría matutina, para encontrarme con ese rostro amargado, con la curva desdeñosa de esos labios, la mirada investigadora (y ya antes de investigar, segura de lo que encontrará) que me explora y a la que nada escapa, sea cual sea su brevedad, la sonrisa sarcástica que abre surcos en sus mejillas adolescentes, la mirada lastimera elevada hacia el cielo, las manos que se plantan en las caderas, para reunir más aplomo, y luego, el temblor y la palidez de la ira al estallar.

No hace mucho -y por primera vez, como advertí asombrado entonces- mencioné algo de este asunto a un buen amigo mío, sólo de pasada, sin darle importancia; con sólo dos palabras le hice un rápido resumen de la situación; tan poca cosa me parece cuando la contemplo desde afuera, que hasta llegué a reducir un poco sus proporciones. Inesperadamente, mi amigo no se desinteresó de la cuestión, sino que por cuenta propia le dio más importancia que yo, no quería cambiar de tema, e insistía en discutirlo. Más inesperado aún fue que él, a pesar de todo, subestimara el problema en uno de sus aspectos más importantes, porque me aconsejó seriamente que me alejara por un tiempo, que viajara. Ningún consejo podría ser más incomprensible; la situación es bastante clara, cualquiera que la estudie de cerca puede llegar a comprenderla perfectamente, pero no es sin embargo tan simple que una simple partida la solucione del todo, o por lo menos en una parte. Nada de eso, tengo que cuidarme mucho de no alejarme; porque si me decido a seguir algún plan, éste debe consistir esencialmente en mantener el asunto dentro de los reducidos límites que hasta ahora ha tenido, no dejar penetrar en él al mundo exterior, o sea quedarme tranquilo donde estoy, y no permitir que el asunto ocasione ningún cambio considerable e importante, lo que significa no hablar con nadie de la cuestión; pero todo esto no porque se trate de un peligroso misterio, sino porque es una cuestión desdeñable, puramente personal, y como tal indigna de tanta atención; y porque no debe dejar de serlo. Por eso las observaciones de mi amigo no fueron totalmente inútiles; no me revelaron nada nuevo, pero fortificaron mi primitiva resolución.

En efecto, si se lo considera atentamente, las modificaciones que con el correr del tiempo parece haber sufrido este asunto, no son modificaciones del tema en sí, sino tan sólo un desarrollo de mi actitud ante él, una indicación de que esta actitud se ha vuelto por una parte más tranquila, más viril, más cerca del fondo de la cuestión, y por otra parte, bajo la incesante influencia de estos continuos sobresaltos, por insignificantes que parezcan, ha provocado cierta alteración de mis nervios.

Este asunto me preocupa menos que antes, porque comienzo a creer que comprendo que por más cerca que hayamos creído encontrarnos de una crisis decisiva, es muy poco probable que ésta ocurra; se está predispuesto a calcular con demasiado apresuramiento, en especial cuando se es joven, la rapidez con que se producen las crisis decisivas; cada vez que mi pequeño juez femenino, debilitado por culpa de mi mera presencia, se dejaba caer de costado en una silla sosteniéndose con una mano sobre el respaldo, y aflojándose los lazos del corpiño con la otra, mientras lágrimas de furor y desesperación corrían por sus mejillas, yo creía que el instante de la crisis había llegado, y que de un momento a otro me vería obligado a dar explicaciones. Pero nada de momento decisivo, nada de explicaciones, las mujeres se desvanecen con facilidad, la gente ni tiene tiempo de ocuparse de sus manías. ¿Y qué sucedió realmente durante todos estos años? Muy simple: estas situaciones se repitieron, a veces más violentamente, a veces menos, y que en consecuencia su suma total ha aumentado. Y la gente acecha en torno, deseosa de intervenir, si pudieran descubrir una oportunidad que se lo permitiera; pero no encuentran ninguna, hasta ahora se han visto obligados a reducirse a lo que podían olfatear en el ambiente, y bastante había como para mantenerlos ampliamente ocupados, pero allí terminaba todo. Pero siempre ha sido fundamentalmente así, siempre existieron esos inútiles espectadores y esos olfateadores, que excusaban su presencia con pretextos ingeniosos, con preferencia de parentesco, siempre espiando, siempre olfateando toda clase de pistas, pero la consecuencia de todo esto es simplemente que allí están todavía. La única diferencia consiste en que poco a poco he llegado a conocerlos, y a distinguir sus caras; en otros tiempos, yo creía que acudían paulatinamente de todas partes, que las repercusiones del asunto aumentaban y provocarían por sí solas la crisis definitiva; hoy creo saber que todos ésos estaban aquí desde mucho antes, y que la crisis definitiva poco o nada tiene que ver con ellos. Y esa crisis ¿por qué la dignifico con un nombre tan pomposo? Suponiendo que algún día -que no será seguro mañana ni pasado mañana ni probablemente nunca- ocurriera que la opinión pública se interesara en este asunto, lo que insisto en repetir, no le compete, no saldré seguramente indemne de dicho proceso, pero también es indudable que tendrán en consideración el hecho de que la opinión pública no le desconoce totalmente, y que hasta ahora siempre he vivido a la plena luz, confiado y digno de confianza, y que esta insignificante y desdichada mujercita, recién llegada a mi vida, a quien, hago notar de paso, otro hombre habría considerado hace mucho como insignificante y, sin llamar en lo más mínimo la atención de la opinión pública, la habría aplastado bajo sus pies; esta mujer, en el peor de los casos, sólo podría agregar un odioso adorno al diploma que desde hace tiempo me certifica ante la opinión pública como miembro respetable de la sociedad. Así están actualmente las cosas, de modo que no tengo muchos motivos de preocupación.

El hecho de que con los años yo haya llegado a sentirme un poco inquieto no tiene nada que ver en realidad con el significado esencial del asunto; es simple: es insoportable ser el constante motivo de ira de otra persona, aun cuando se sabe perfectamente que esa ira es infundada; uno se siente inquieto, se empieza, de una manera puramente física, a eludir las crisis decisivas, aun cuando honradamente no crea demasiado en su posibilidad. Además, esto representa en cierta forma un síntoma de envejecimiento; la juventud lo mejora todo; las características desagradables se pierden en la fuente de vigor inagotable de la juventud; si una persona tiene mirada astuta cuando es joven no se considera un defecto, ni siquiera se advierte, ni siquiera él mismo lo advierte; pero lo que perdura en la vejez son restos, todo es necesario, nada se renueva, todo está expuesto a examen, y la mirada astuta de un hombre que envejece es francamente una mirada astuta, y no es difícil reconocerla. Sólo que tampoco en este caso constituye un empeoramiento real de su condición.

Por lo tanto, de cualquier ángulo que se lo considere resulta evidente, y a esa evidencia me atengo, que si consigo mantener este pequeño asunto bajo control, aun sin esforzarme, todavía podré seguir viviendo durante mucho tiempo la vida que hasta ahora he vivido, imperturbado por el mundo, a pesar de todos los arrebatos de esta mujer.

Una pequeña fábula

¡Ay! -dijo el ratón-. El mundo se hace cada día más pequeño. Al principio era tan grande que le tenía miedo. Corría y corría y por cierto que me alegraba ver esos muros, a diestra y siniestra, en la distancia. Pero esas paredes se estrechan tan rápido que me encuentro en el último cuarto y ahí en el rincón está la trampa sobre la cual debo pasar.

-Todo lo que debes hacer es cambiar de rumbo -dijo el gato...y se lo comió.